SORTE

SORTE

NARA VIDAL

Copyright © 2022 Nara Vidal

Editor
Rodrigo de Faria e Silva

Revisão
Luiz Henrique Moreira Soares

Projeto gráfico
Estudio Castellani

Diagramação
Luyse Costa

Capa
J.R.Penteado

Dados Internacionais de Catalogação na Publicação (CIP)

V648s
Vidal, Nara
Sorte | Nara Vidal – São Paulo: Faria e Silva Editora, 2022.
108 p.

ISBN: 978-65-89573-67-8

1. Literatura brasileira. I. Título. II. Série.
2018-406
                        CDD 869.8992
                        CDU 821.134.3(81)

Índice para catálogo sistemático:
1. Literatura brasileira 869.8992
2. Literatura brasileira 821.134.3(81)

FARIA E SILVA Editora
contato@fariaesilva.com.br
www.fariaesilva.com.br

*Para Margareth, Carolina, Francisca e Mariava.
Às mulheres caídas.
As de antes, as de durante e as de depois do nosso tempo.*

Londres, março de 2017
Um cemitério clandestino foi descoberto na Irlanda, onde, estima-se, foram encontrados mais de 800 corpos e seus ossos de bebês e crianças mortos entre 1925 a 1958. Foram as crianças sequestradas das mães solteiras que traziam vergonhas nas barrigas e eram postas para adoção por freiras católicas.
Dedico este livro à Margareth, uma das mulheres que teve um filho e nunca foi mãe.

Minas Gerais, 5 de abril de 1886
"Outorgado o comprador, Major Joaquim Eloy Mendes, morador desta freguesia e reconhecido pelo escrivão interino e pelas testemunhas e diante das quais pelo outorgante vendedor foi dito que seja legítimo senhor e possuidor das escravas Francisca e Carolina, pretas, solteiras, a primeira de cerca de quarenta anos e a segunda de vinte e três, ambas matriculadas na Coletoria da Campanha no dia 7 de junho de 1872 vendidas ao outorgado pela quantia de 500 mil réis."
Trecho extraído da escritura de compra e venda das escravas Francisca e Carolina. Documento de posse da autora.
Dedico este livro à Francisca e Carolina que, feito a Mariava, nunca tiveram o direito de dizer não.

*O apóstolo Paulo escreveu:
"A vontade de Deus é que vocês sejam santificados:
abstenham-se da imoralidade sexual. Cada um saiba
controlar o seu próprio corpo de maneira santa e
honrosa,
não dominado pela paixão de desejos desenfreados,
como os
pagãos que desconhecem a Deus."
1 Tessalonicenses 4:3-5*

PRIMEIRO:

— *Esse olho verde-claro grande aí, arrumou onde? Aqui nessas bandas só tem índio, preto e italiano. Mas italiano mouro, não italiano alpino. Esse olho aí ou traz história de amor fora do cercado, ou essas esquisitices feitas de magia.*

INÍCIO

CAPÍTULO I

Irlanda, 1806

Sabíamos lá em casa que aquela chuva, a enchente, os móveis arruinados, os ratos que subiam do porão para escapar do afogamento, aquilo era tudo castigo de Deus. A nossa pobreza também era punição do Senhor. Concordamos desde cedo que abrir os olhos e atravessar horas infelizes até fechar as pálpebras de novo era a nossa maior sorte.

A Martha, com aquelas mãos esquisitas voando como se ouvisse música, batia os pés e ria. Não era gargalhada. Era riso. Um riso nervoso. As costas pra mim. Nem percebeu que fiquei parada atrás daquele corpo fino e elegante. Estiquei os olhos para ver o riso dela. Dentro da bacia velha do quintal, cheia de água da chuva, uma ratazana morria.

Presa ao horror do espetáculo, assisti à cena inteira. Os olhos feios do bicho começando a esbugalhar, de certo já inchados pela carne tomada pela imundície da água. Debatia-se incessantemente. A ratazana revirava-se só para, em seguida, virar de novo, buscando um sopro de ar já escasso. Os pés e as patas fizeram meus joelhos tremerem. Agitavam-se desafiando a morte que ria dela, feito a Martha da janela.

Primeiro caiu o rabo, cansado da luta. Túrgida, roliça, a ratazana parecia estourar. A pele da barriga brilhava de tão esticada. Dentro dela, vivia a morte.

CAPÍTULO 2

Os gritos pela casa, quase diariamente, eram a sua admiração pelos conflitos napoleônicos. O pai sempre frustrado, já que a agitação nunca chegou na Irlanda. "Nem a guerra quer este país." Bradava com revolta e esperanças de outro horizonte.

Qualquer um. "Até Brasil, a ilha movediça, é melhor que isso aqui. Não fosse minha perna, pegava vocês e ia pra Brasil, a ilha da fantasia."

A apreciação do pai por coisas militares era um disparate pontuado por nuances duras e toscas que caíam nele como uma luva. Um homem que conheceu a miséria de recursos e de emoção, veio seguindo sua vida aos tropeços. Cresceu numa Irlanda cinza e devastada pela fome, pela praga e pela sua colcha de retalhos feita de batalhas em nome de Deus e seu filho, Jesus Cristo. "A única guerra que pode honrar um homem é aquela em nome de Deus." Assim era aquele homem sisudo dentro da nossa casa. Repreendia-nos ao menor sinal de alegria. Mudou-se de Clare para Cork aos dezesseis anos. Rapaz franzino, corria de estômago sempre vazio. Encontrou outra fome, maior ainda, uma secura que sofreram as batatas com um gelo que não deixava a gente em paz. Nunca saiu daqui de casa, a não ser quando precisou amputar a perna direita que lhe comia feito cupim estraçalhando a matéria disponível pela frente. A operação foi em Dublin. Tinha vinte e oito anos, muita amargura e metade dos filhos que teve. Num determinado momento fomos seis. Quatro de nós, desgraçadamente, mulheres. Encarceradas na cegueira e costumes frios, cercavam-nos família e igreja. Na véspera de rumar para Dublin, o pai vestiu sua roupa de casamento. Posicionou-se no meio da sala. Disse pra mãe se lembrar da sua autoridade mesmo que voltasse amanhã sem uma perna. Tinha orgulho, mas tinha tifo. Eu tinha cinco anos ao ver a cena do alto da escada, o pai me pareceu grande. Errei.

CAPÍTULO 3

Sacolejando na carroça até Dublin, a mãe segurava a mão do homem da sua vida. Por escolha, por amor. As mãos tremiam menos pelos buracos do caminho, mais pelo choro sufocado no peito dela. Um pranto entupido feito a veia tifosa de gangrena que clamou a perna inteira do Sr. Cunningham. Na partida, fiquei na sala com Martha, que com seis anos ainda não sabia contar. Seguiu assim a minha irmã, sempre à margem. Sentia muita pena da Martha. Meu pai sentia vergonha, e minha mãe, por sorte da menina, sentiu amor. A coitada era alvo de riso e piada na rua. Era convidada a brincar de zerinho ou um. Os meninos riam dos números tortos e de vento que minha irmã anunciava. Criou ambição de perder só para sair da brincadeira. Doía diariamente na função social e cruel que é a infância e ninguém se importava com aquele tormento.

Mary tinha dois anos e esgoelava no colo da senhora Betty White, uma matrona severa e católica que morava a duas casas da nossa. Ao lado esquerdo, os protestantes Mahoney. O pai tinha um ódio impressionante pela família também irlandesa. As ordens expressas e fervorosamente católicas do pai nos proibiam de cumprimentá-los. "Uma família que questiona a palavra de Deus não merece o chão que pisa." Todo santo dia, no jantar, o pai disseminava seu ódio pelos vizinhos com a mesma frase. Importava-se imensamente com eles a ponto de odiar. O pai voltou de Dublin sem complicações e sem a perna direita, conforme imaginávamos. Como se possível, ficou ainda mais amargo e começou a gritar mais, para pôr ordem na casa, já que seu corpo começou a conhecer limites. Nunca cogitou uma conversa com os filhos. Em nós, era o medo dele que nos fazia abalados. O medo de punição ou da tortura de ver a mãe sem saída, concordar com tirania do homem do qual, ainda assim, gostava. O pai fazia filhos na mãe até uma hora sair dela um homem. "Martha, Margareth, Mary e outro na barriga. Deus há de nos conceder sua graça e encher essa casa com um homem." O pai não escondia a predileção por um filho. Não sentia particular interesse dele por mim e nem por Martha ou Mary. Éramos uma tentativa, um erro, uma rasura, algo a ser refeito, refinado, melhorado até sair um filho. Mamãe trouxe Monica à vida numa madrugada chuvosa e fria de novembro. O pai, que esperava o filho nascer enquanto bebia whisky na beira do rio, voltou para casa, despejando na mãe uma coleção de insultos. A Monica era uma vergonha para ele. Mais uma mulher na família. Quem iria trabalhar, ganhar algum dinheiro? Estávamos todas desgraçadas pela pobreza e condição feminina. Só um homem salvaria a nossa miséria. Ou como se provou, plantaria a miséria em mim até o fim de tudo que nunca veio.

CAPÍTULO 4

O pai e a mãe conseguiram se amar mesmo com tanta ofensa e tanta miséria. Fizeram mais dois filhos. Depois que James nasceu, menos de um ano depois da Monica, o pai só não deu uma festa porque não tínhamos o que comer. Foi a única vez que o vi chorar de rir. Recebeu os amigos em casa. Beberam whisky e gin até caírem pela sala onde dormia metade de nós. A alegria e satisfação do pai duraram depois do nascimento de James. Não deixou a mãe em paz e, ainda no resguardo, mamãe engravidou do Daniel. A diferença entre James e Daniel era pouca. Chegavam a ter a mesma idade em certo mês. Na chegada de Daniel, mamãe sofreu complicações e foi para Dublin cuidar da sua saúde tão deteriorada. Ficou conosco a senhora Betty White. Aos dez anos, com a mãe no hospital recompondo-se da insistência do meu pai, via a senhora Betty fazer o nosso almoço enquanto meu pai perdia sua mão entre as pernas dela, debaixo dos vestidos de tecido pobre que usava, fizesse frio ou não.

Com a volta da mãe para casa, recuperada, foi a vez de trabalhar para pagar as bocas que meu pai insistiu tanto em ter em casa. Sem uma perna e bêbado cada dia mais cedo, o pai virou um encosto. A mãe limpava as salas de enfermarias, sonhando que um dia James e Daniel pudessem frequentá-las como médicos. Os conflitos pela Emancipação Católica se acirravam. As pessoas se feriam por Deus. Os protestantes ficavam cada vez mais ricos com tanta indústria chegando na Inglaterra, enquanto nós, católicos, rejeitávamos qualquer coisa que fosse anglicana, especialmente o protesto deles contra a palavra de Deus.

A senhora Betty frequentava nossa casa cada vez mais, vigiando os menores e dando prazer ao pai, sem querer nada em troca. Dava para ele, diariamente, abrigo para as mãos velhas, grossas e indecentes. A mãe nunca se incomodou com a caridade da senhora Betty. Sabia que antes nela que em nós.

Quando o pai se descontrolava, gritava com a mãe e ela empurrava a cadeira dele até o quarto. Não tínhamos portas. Tínhamos cortinas. Mamãe teimava na tentativa de trazer cores para a casa cinza. Cada cômodo variava cortinas de acordo com as estações. No inverno, trazia cores e flores que nos lembrassem o verão. No verão, trazia a calma, o azul, os cremes. As cores e a exuberância já gritavam lá fora por canteiros e paredes invadidas por trepadeiras. Não precisávamos de tanta cor. Alegria demais gasta, dizia ela. Ela tinha um contentamento que se equilibrava com a temperança. Uma calma e um bom senso que o pai via como fraqueza de espírito. Lembro-me da mãe fechando as cortinas listradas de azul-celeste, do seu quarto, num dia de muito calor e sol por toda a região de Munster. O pai pedia abrigo para as suas vontades. A mãe dava.

CAPÍTULO 5

Depois do nascimento do Daniel e das vindas frequentes da senhora Betty, a mãe parecia ir largando o amor pelo pai pelo caminho. Ele, por sua vez, não amolecia. Amargurado, sisudo, gostava de tudo que fosse feito de não. Aos olhos daquela carranca do pai, eu queria ser feita de outro lugar. Imaginava sol, olhava pro céu.

"Hy-Brasil é uma ilha movediça. Aparece de sete em sete anos e, por isso, infinitamente." Era a história favorita da Martha, e a mãe recontava sem parar toda noite pra menina esquisita ir dormir mais calma.

— Os Celtas que moravam deste lado de terra menos firme que a terra do continente, exploravam o mundo a barco. O vento, o frio, a neblina encobriam os lugares que, eles imaginavam, a fé e a esperança esclareceriam. Uma ilha pequena, mas no meio do caminho das expedições, era a Hy-Brasil. O local da ilha era o mais nebuloso, de mais difícil acesso. Muitos barcos bateram na ponta de ferro da ilha e estouraram, morrendo em naufrágios milhares de homens. A ponta de ferro nunca era possível de se ver porque tinha a cor de chumbo que o mar do Norte tem. A fumaça que cobria a massa de terra só se movia a cada sete anos. Quem conseguisse chegar lá, em sete dias era engolido pela areia da ilha que virava um monstro faminto e desgraçado que, a cada engolida, acabava gerando outro dentro dele. Até nascer o próximo monstro eram sete anos. Brasil nunca deixou de ser uma fantasia. Mas, estranhamente, quem conseguisse chegar, driblar a ponta de ferro e pisar na ilha que guardava a mais gigantesca das esmeraldas, e, depois de morto, percebia-se em algum filho ou filha, os olhos enfeitiçados: um olho verde feito à pedra, o outro cinza feito o mar do Norte. E se a pessoa tivesse olhos castanhos, pretos ou azuis, eles trocavam de cor por causa do pai que morreu na ilha Brasil. A única forma de saber que Hy-Brasil ainda existe e que exploradores ainda conseguem chegar lá, no ponto que aparece tão rápido e, raramente, é encontrar alguém com olhos enfeitiçados.

Martha ouvia essa história toda noite e antes de ir dormir queria saber se os olhos dela já tinham duas cores. Eram da cor do outono. Brilhavam feito sua estranheza, sua inadequação.

Quando chegou a manhã, não tínhamos terminado o chá, uma batida na porta indicava encomenda. Notícia fresca se espalhava pela casa. Não eram oito da manhã quando o pai chorou de felicidade amassando o conteúdo do que lhe era informado. Chamou a família pra perto dele e anunciou:

— Vamos para uma terra quente e cheia de esperança. Atravessamos quarenta e cinco dias num navio e saímos dessa fome, desse fim de mundo. Precisam de famílias para trabalhar de colonos. Daniel e James podem começar o negócio. A terra chama-se Brasil.

CAPÍTULO 6

Nunca mais vi um dia de sol como aquele. Cheguei a gravar a data. Repetia o número do dia quase que de minuto em minuto, na tentativa de me convencer da felicidade daquela hora. Sair de Cork, da Irlanda, da Europa era, enfim, ir embora. A mãe, a contragosto, acompanhou o pai. Disse que ia sentir falta de fazer geleias, que nas terras novas não dava morango e nem framboesa que prestassem. Disse que sem a senhora White não ia dar conta de olhar o pai. Disse que lugar quente feito Brasil derretia o juízo dos outros, da gente. Que do único Brasil que sabia era um que não existia. Era feito de mentira como o da história da Martha.

Nossa bagagem eram duas malas, um baú, a cadeira do pai, as revistas da Martha, os terços, a Bíblia e toda a nossa decência.

No porto de Queenstown, a fila era longa antes mesmo de chegar ao controle de imigração. Famílias inteiras feito a nossa, crianças, velhos, mulheres, homens. Maçãs do rosto tão altas e rostos fundos avisavam que a fome era maior que o patriotismo. Padres, freiras e missionários davam às famílias a tranquilidade de saber que estavam sob a guarda de Deus.

Os sapatos das meninas mostravam que cresciam-lhe os pés com uma rapidez indigna. Meus sapatos de vinte e quatro anos encolhiam meus dedos desde os dezesseis. James e Daniel ganharam sapatos novos, de couro e de brilho. Usavam até cinto. Eu, a mãe e as meninas éramos enroladas em mantas, cachecóis, coisas que queríamos deixar pra traz feito a fome na Irlanda.

— No Brasil, tudo isso será inútil. Sua mãe pode costurar um vestido de algodão pra cada enquanto o tempo passa nessa travessia. Comprei tecido de presente.

Era o que merecíamos. Pros meninos, sapatos e cintos de couro. Pra nós, retalhos de pano fino e estampas vulgares. Aportaríamos no Brasil já pobres.

Martha foi a primeira a escolher o tecido. Não podia ser contrariada. Mary e Monica escolheram depois de mim. O vestido mais bonito foi o da Martha. Foi também o primeiro a ser costurado. A menina esquisita rodopiava em volta da saia feito um cachorro que procura o rabo pra morder. As gargalhadas eram as mesmas descontroladas do dia em que viu a ratazana morrer afogada. A mãe pediu que eu tomasse conta da Martha. Dava um trabalho grande e a mãe andava tonta, suando frio. O temperamento imprevisível, as vontades, os gritos e as gargalhadas da minha irmã chamavam a atenção no navio. Suportava cada vez menos aquela doida. Se ela quisesse experimentar um abraço do Atlântico, não ia ser eu a contrariá-la. Mas Martha só era desequilibrada quando necessário. Enlouquecia pelo melhor vestido, mas não criava coragem o suficiente para se jogar no mar.

James e Daniel passaram a viagem rindo das nossas roupas. De certo que não eram adequadas. Riam de roncar com o bafo de sherry e cidra às dez da manhã. Diziam o quão ridículas estávamos, que estava na cara que éramos pobres tentando parecer ricas. Que éramos um desastre, cafonas de bochechas e cabelos vermelhos. Diziam isso enquanto mal se sustentavam em pé pelos belos sapatos de couro que portavam. Eles tinham razão.

CAPÍTULO 7

Quando eu encontrei o Orlando, eu levava a Martha pro balcão para tomar sol. Já era Hemisfério Sul. Já era o que acabou sendo de mim.

Lá de dentro, em frente à linha dos meus olhos, o olho amargo do pai. Falava que não. Avisava com aquele rosto todo amarrotado de não que eu estava proibida de falar com homens. Já bastava ser mulher. Mulher sem honra era uma desgraça demais pro pai.

Foi a Martha que começou a história. Num surto, ela empurrou Orlando que escorregou numa poça se escorando no meu braço. Desculpas pedidas e aceitas, o pai, vendo aquela vivacidade toda, mandou James e Daniel para guardarem a nossa honra.

Orlando era médico e membro dos missionários católicos enviados ao Brasil para cuidar dos padecentes de febre amarela e malária. Foi convocado pelas forças médicas cooperativas entre a Irlanda e o Brasil para assistir colonos e índios nos vilarejos mais afastados da capital. Do Rio de Janeiro, seguiria viagem pelo rio que não se lembrava o nome. Sua missão seria dada em detalhes uma vez que aportasse na capital brasileira.

A classe do Orlando era diferente da nossa. No navio, ele tinha uma cabine só pra ele. Nós estávamos, feito em casa, amontoados numa cabine úmida, fria, com os vidros arranhados.

Orlando almoçava em mesas postas com boa comida, talheres. Os chapéus pendurados na mobília de carvalho maciço. Nossos chapéus, mantínhamo-nos nas nossas cabeças, caso nos importássemos em perdê-los. Nós e mais um monte de irlandeses fugidos da miséria continuávamos na mesma indecência, comendo pães velhos feitos pelo diabo. Em seus passeios pelo navio, Orlando nos encontrava e, aos poucos, tornou se companhia para o meu pai e meus irmãos. Meu pai deu-lhe relativa confiança, menos pela profissão, mas por entender que era católico a ponto de servir missões religiosas cooperativas entre as nossas duas pátrias.

Orlando tornou-se a única distração durante os trinta e seis dias que foi o que durou aquela viagem.

CAPÍTULO 8

Era velho. Tinha trinta e cinco anos e pelo jeito, nem filhos, nem mulher. Os cabelos eram vermelhos. No rosto, manchas. Um mapa de sardas, pintas. Era impossível não estudar seu rosto com tanto acontecendo. Tinha decerto meu interesse e possivelmente já tinha entendido que meu sorriso fácil e rosto corado eram mais que a atividade física a qual eu me submetia para dar conta dos pulos e loucuras da Martha navio e dia adentro.

O encontro trazia conversa sobre o tempo enquanto esperávamos o pai e os meninos. Orlando arrastava o pai pra fora, no balcão, e lá fumavam com cumplicidade.

A mãe, na enfermaria do navio, ouviu um assunto e o pai escondeu até quando pôde. Diziam pelo navio que a conversa de precisarem de colonos no Brasil era mentira, brilho, ouro de tolo, miragem. O país estava em guerra com a Argentina e precisava de soldados. Todo homem que entrasse no Brasil, estrangeiro que fosse, seria obrigado a servir na Guerra da Cisplatina por pelo menos cinco anos antes de conseguir um lote de terra. Se conseguisse!

O pai, iludido e com fome, tirou a gente de casa pra gente virar escravo. Era, de certo, isso que nos esperava. Enquanto o James e o Daniel lutavam em país estrangeiro defendendo bandeira que não conheciam, batendo continência pra comando que não entendiam, nós viraríamos empregadas, escravas, serviríamos a quem precisasse.

    Apesar do pedaço de vida feia que se aproximava com cada onda quebrada, gravei a data do dia e fazia um céu cobalto. Enxerguei meu braço iluminado por uma luz dourada que em 29 eu nunca tinha visto, um pedaço de carne tão branca que me assustei. O pai pediu que eu acompanhasse a Martha. A mãe não dava conta. Estava prostrada numa maca, suando frio, pálida. Diziam que não era coisa para se preocupar.

    Fui encontrar Orlando, que receitaria medicamentos a minha irmã que se agitava com frequência e precisava de calma pra terminar a travessia. Sem um minuto a perder, ele me arrancou pela mão e o beijo foi atrás da porta onde Martha não nos alcançava. Não me lembrei de sentir culpa.

    Depois foi a vez de cuidar do pai. Com o sangue ralo e as pernas inchadas, precisava que eu fosse encontrar Orlando pra falar da saúde, pegar remédios, enquanto James e Daniel sumiam, como sempre faziam, entre as pernas das irlandesas com fome e sem família pelo navio sujo afora.

    Com a receita médica pro pai, Orlando me deu um bilhete. Tive vergonha de contar que não sabia ler. Levei aquele pedaço de papel que me queimava os dedos para o comissário do restaurante. Disse que achei no chão e me pareceu importante.

    O que dizia?

    "Hoje, na hora azul."

CAPÍTULO 9

Durante a hora azul, todo santo dia, eu conseguia fugir dos olhos severos do pai e me escondia na cabine do Orlando. Fizemos isso até chegar ao Rio de Janeiro. Aportei grávida. Nas últimas semanas da viagem, passei muito mal. Vomitava muito e diziam que eu tinha tido uma reação atrasada ao movimento do Atlântico.

A mãe, com uma doença misteriosa que pegou no navio, passou a ter a companhia das freiras que, feito Orlando, eram missionárias. Rezavam pela melhora dela, contavam sobre seus planos no novo Brasil: abririam a primeira casa da vergonha no país.

— Com tantos imigrantes e homens chegando, índias, pretas e gente do bem, vão se emaranhando com quem não devem e as barrigas crescem despudoradamente. Mesmo inaugurando a primeira casa da vergonha, o país já tem uma fila de pretendentes para adentrar o estabelecimento conforme as ordens do Senhor Jesus Cristo e seu Pai Todo-Poderoso.

O único que possivelmente sabia da minha gravidez era Orlando. Eu mesma me convenci do balanço tortuoso das águas dos trópicos. A mãe queria voltar. Dizia que os ares daquela quentura toda já mostravam em mim que não nos fariam bem. Ela mesma padecia. O pai, um inválido, menos pelas pernas, mais pelo coração em desuso, só bradava. Mary e Monica acomodavam todas as ordens.

Pela vontade de ler insuportável, Monica conseguiu o consentimento do pai e da mãe para, no Brasil, seguir a Ordem dos Carmelitas. Aprenderia a ler e ajudaria quem precisasse. Recusou a ideia de seguir com as freiras para inaugurar a casa da vergonha. Sem entender precisamente do que se tratava, deixou dormir o assunto.

Martha, num banco do salão, olhava a paisagem com aquele afinco de um olhar vazio. No caso dela, não via nada além dos flashes que assustavam suas pupilas, feito árvores que pulavam e sumiam do seu rosto. Olhar vago exatamente como ela.

Orlando se aproximou e nos chamou para um chá. Abacaxi, manga, goiaba, tudo isso nos esperava no país das terras quentes, no país da fantasia feito a ilha movediça do mesmo nome. Martha, atrás, como quem havia entendido que estava ali para não estar, nos seguiu até a cabine. Não falava. Estava cada dia mais abestalhada. Martha esperou sentada na cama do médico que terminássemos. Era o último dia inteiro de travessia.

Amanhã, numa hora dessas, ninguém saberia de mais nada.

CAPÍTULO 10

Chegamos ao Rio de Janeiro debaixo de um calor assombroso.

Na travessia, perdemos a chave de casa: morreu a mãe. Um dos vários corpos sacrificados pela febre amarela da travessia, o da minha mãe seguiu o rumo dos indigentes. Uma carroça vinha pegar quem não resistiu e, num cemitério longe dali, eram enterrados todos juntos com a identificação "Irlanda 1827".

Não tinham tempo para maiores detalhes na identificação. O país estava em guerra e finalmente aceitamos que estávamos ali para ser miséria mais uma vez.

Pisei no chão que me queimava as solas dos pés através dos sapatos rasos e ralos, velhos feito a esperança de ganhar pares novos. Daniel e James foram recebidos por militares e levados para a guerra da Cisplatina de imediato.

Meu pai, sem a perna, foi reconhecido como inválido. Pior: tinha quatro filhas, nenhuma esposa e era pobre. Eu, com vinte e quatro anos, era velha o suficiente para tomar conta de tudo. Sem marido, sem dinheiro, a esperança era a Mary e um casamento por conveniência que fosse... já que

a Monica sairia de debaixo dos nossos olhos em poucas semanas para aprender sobre as carmelitas.
De certo, sobrariam eu e o pai, eventualmente. Minha espinha esfriou. Preferia a Irlanda com sua chuva, sua gente brigona e sua fome que ter que cuidar do pai e da Martha até o fim dos dias de quem fosse primeiro. Meus olhos pulavam tentando um repouso. Não era possível: na chegada ao porto do Rio de Janeiro, era gente de todo jeito, cores diversas, olhos pretos, castanhos, peles marrons, brancas. Era impossível ser tudo aquilo um país só. O barulho era ensurdecedor. Todos falavam ao mesmo tempo, ninguém entendia o que era dito. Não era possível o silêncio. Não havia ordem. Eram mais de quinhentos de nós atracando e ali perdi pra sempre o Orlando. A única coisa que soube foi que seguiria viagem num rio de nome indígena do qual não se lembrava.

    Enquanto as milícias checavam nossos documentos e levavam a mãe embora, um cachorro encostado em mim procurava debaixo da minha saia. Uma mulher preta e com penduricalhos pelos cabelos crespos e sujos gritava que eu tinha criança na barriga. Foi isso que traduziu o oficial de controle de borda. Meu pai, furioso, amarrotou a cara pra louca. Ela ria. O cachorro não me largava. Consegui pegar o endereço do cemitério pra onde iria nossa mãe. Seu corpo seguiria para a Ilha de Paquetá. Seguimos rumo pra essa tal vida nova, desgastada e miserável já desde o começo.

CAPÍTULO 11

Com Daniel e James na divisa com o Uruguai, fomos nós mulheres empurrando o pai para uma chácara que precisava de damas de companhia na região do Catete. Lá, eu fazia geleias, conversava em gaélico com crianças ricas vindas de Portugal. Em troca, eu, Monica e Mary aprendemos a ler e escrever em português. Como parte do nosso pagamento, também uma acomodação com pomar e uma goiabeira impressionante.

Mary foi aproveitada na olaria ao lado da chácara e ajudava na fabricação de tijolos decorativos. O Rio de Janeiro fervia de promessas e prédios novos para abrigar tanta gente vinda de Portugal e do mundo. Mariava era a preta que me ajudava a olhar a Martha. A mãe dela, Dolores, ficava com o pai.

Com pose de princesa, pescoço longo e fino, Mariava sabia todos os nomes de rios e cachoeiras. Tinha vindo de uma permuta em Minas Gerais, lugar de esmeraldas feito Hy-Brasil. Ela não falava o "C". A Mary debochava dela e pedia que repetisse os nomes das cachoeiras da cidade dela em Minas.

— (c)achoeira do so(c)ó, (c)achoeira do passa cin(c)o, (c) achoeira da fumaça.
Mariava um dia, ela dizia, voltaria pra de onde veio. Mesmo que o Brasil a tratasse mal, era desta terra que ela falava quando dizia que queria voltar pra casa. No meio do mato, às bordas do Rio das Pombas, onde só tem fazendeiro, índio e escravo. Ela e a mãe vieram parar aqui no Catete depois do pai da Mariava ser morto de tanta chicotada. O preto desafiou a ordem do capataz e deu-lhe uma cusparada na fuça. O mestiço, que se achava branco, tirou o couro do pai da Mariava e o deixou secando ao sol de troféu e exemplo de má serventia e desaforo. Rubião de Gregório ficou cravado na memória da filha por uma morte pavorosa e covarde. A Sinhá Lucinda de Monteiro Pontes Carvalho, que viu crescer Mariava, organizou a permuta. Queria poupar a mãe, a filha e os meninos de ver o fantasma de Rubião a cada passo dado na fazenda.

Mariava de Gregório tinha a cabeça dura de ideia que ia voltar a Minas. Sabia que precisava alcançar a serra, depois do mar que lá em Minas não tem. Uma hora ela ia botar uma flor no chão onde morreu seu pai. Uma hora ela ia. Uma hora.

A Martha não dava sossego. Tirava o lenço da cabeça da Mariava só pra mexer na nuvem de algodão que carregava. Mariava era linda! Tão diferente de nós que tínhamos cabelos em fogo, Mariava tinha cores absolutas. Era de uma negritude profunda. Era espetacular.

Por isso, talvez, esticavam-lhe olhares pelo dia afora. Particularmente, os do Dom Vaz Peixoto, que terminavam com Mariava ferida em chibatadas no clarão da mata ao lado da casa-grande.

— Conta a história do Brasil. Conta igual a mãe. Conta mais uma vez. De novo. Conta a história. Conta.

— Brasil é mentira, Martha! Aquele lugar é uma invenção. É fantasia, é farsa!

— Conta, conta a história do Brasil. Conta igual a mãe. Conta mais uma vez. De novo. Conta a história. Conta.

A Martha era a minha paciência esticada feito um elástico. Que diabos que tinha eu que tomar conta da minha irmã esquisita?

Por que a Monica, tão devota à caridade, não ficava com ela?

Já me bastava o pai aos gritos tentando controlar a miséria que tinha enfiado na nossa goela abaixo.

CAPÍTULO 12

O calor me batia no lombo feito a surra que levava dia sim dia não o filho preto da Dolores. Dois meses após a nossa chegada, James e Daniel, vivos e sem ferimento algum, por pura sorte, chegaram da Cisplatina no Catete para uma visita. Era uma breve licença. Deveriam seguir viagem de volta ao Sul em três dias.

Bati tanto na Martha que arranquei um chumaço de cabelos dela numa histeria de raiva e traição. Martha falou na mesa do jantar que me viu de pernas abertas, na cabine do navio, olhando pro céu enquanto Orlando metia a cara no meio das minhas coxas. O pai, da cadeira de rodas, fervendo de ódio mandou o James levantar e me dar uma surra. James me deu uma bofetada no meio do nariz e do rosto. Não conseguiu mais que aquilo. Mary e Monica choravam de soluços nas bordas da mesa descascada, surrada feito a nossa família. Daniel quis fazer as honras. Tirou o cinto e me chicoteou como se quisesse me matar. Martha pulava feito um cabrito perdido, como uma criança de dois anos. Pulava e ria. Pulava e gritava. Chorava. Aquela doente me traiu. A minha felicidade não teve a sua misericórdia. Foi jogada no meio da mesa de jantar feito um prato indigesto. Feito uma torta de morangos colhidos em janeiro. O tamanho da violência na nossa casa naquela noite não foi maior que a minha humilhação. Sangrei no pescoço, no braço. Levantei o vestido pro Daniel me bater. Mandou que eu tirasse a calcinha pra eu apanhar onde deveria. Pegou uma colher de pau e me bateu no meio das pernas. A Monica gritava por clemência, pedia que lembrássemos da mãe, mas o pai mandava o Daniel continuar. A decência deveria ser restaurada na casa, se não por exemplo, por punição. Quem não seguisse os mandamentos de Deus e fechasse as pernas mesmo com vinte e quatro anos, mesmo vivendo pra fazer geleias que ninguém comprava, não prestava. Iria para os quintos dos infernos. Amaldiçoada e desgraçada. Uma mulher caída.

O diabo que me carregue!

Lembro-me de ter passado a noite às claras. A Mariava com compressas pelo meu corpo humilhado em cada pedaço. Minha preta sabia como secar feridas. Fazia isso todos os dias nela, na Dolores, no irmão, nos pretinhos que escapuliam da quinta pra ver o horizonte além da goiabeira.

— O dia que eu não sinto cheiro de sangue, de machucado, eu acho que eu morri. Sei que a vida segue nos conformes porque vivo com sangue e pus espirrados na bata.

Daniel dormia no mesmo quarto do James. Ouvia da minha cama o ronco daqueles dois porcos. Malditos sejam. Só espero que nunca tenham filhos. Pensei na mãe, que insistiu até o fim com o seu olhar de afeto para que pairasse a bondade dentro da gente. Mas era muita violência, violação, muito sacrifício.

O amor desistiu da nossa casa e fazia muito tempo.

CAPÍTULO 13

Era o dia de irem pro Sul, Daniel e James. Desejei que nunca mais os visse. Quis morrer. Mas a Martha resolveu me trair nisso também.

O sol entrava feito um fiapo pela nuvem cinza grossa de chumbo lá fora no nosso jardim. A gritaria. O pandemônio. A Monica se trancou no quarto com o terço na mão. Mariava cantava músicas de macumba. O pai, com o rosto amparado pela descrença, tinha olhos estalados feito os ovos de domingo. Balançando na goiabeira carregada de fruta madura pras minhas geleias, o corpo da Martha, a língua cinza pra fora, a cara inchada e emborrachada de sangue parado. Os pés descalços ziguezagueavam como se dançassem como a vi dançar pelo navio quando pulava feito tivesse seis anos. Usava o vestido que a mãe fez pra viagem. Escolheu morrer com o pouco que restou de vida. Maldita seja essa Martha que, agora, enforcada e com os bofes pra fora, não vai poder ver aonde vai me levar o castigo que me deu. Mary foi lá fora chamar os dois irmãos pra ajudar a retirar a Martha da árvore. Estavam plantados na soleira de casa esperando a milícia chegar. Tiramos a Martha da árvore e demos a ela um enterro católico feito merecia. Tive uma vontade grande de cuspir nela, no corpo morto dela. Naqueles olhos tortos e esbugalhados de morta, sonsa que ela foi. Não sei ao certo quem foi aquela mulher. Desgraçada, não tenho dúvidas. O calor do Rio de Janeiro era o próprio inferno. Talvez estivéssemos todos mortos e vivêssemos entre as chamas dos pecadores. Mariava chorava. Murmurava que ia sentir falta da Martha, dos risos de criança. Mariava cuidava dela feito um bebê. Trocava as roupas sujas, dava banho de cuia no quintal toda semana, esfregava os cotovelos ásperos, passava sebo e gordura pra não arranhar a pele. A Martha teve sorte. Sem a Mariava ia ficar comigo e por ela eu não sentia um pingo de amor. Viveria suja.

    Cuidar da Martha era o jeito da Mariava escapar dos fundos da casa-grande, onde Dom Vaz Peixoto abusava da minha neguinha. Mariava nunca disse um "sim" pro patrão. Também não lhe era permitido falar "não". Era mandada pro quarto ao lado da despensa quando Dom Vaz Peixoto chegava de reuniões no comércio do Largo da Carioca. Ainda sujo, de botinas fedidas à bosta de cavalo, montava na Mariava que molhava o chão de lágrimas feitas de dores no ventre tão jovem e de dores no espírito já cão. Saía do quarto com, cada vez, menos dela. Ia se acabando enquanto Dom Vaz Peixoto lambia os beiços depois de comê-la. O patrão passava pela cozinha, pinçava um pedaço de doce de figo e ia beijar a mão da esposa, Don'Ana Vaz Peixoto, que olhava as pretas brincarem com os cinco filhos já feitos nela. Aprontavam-se para ir à missa das sete da noitinha com a carroça puxada por cavalos e homens negros, geralmente os irmãos da preta Mariava.

CAPÍTULO 14

O enterro da Martha teve a dignidade necessária. Vestimos preto. Teve choro. Um pingo do pai e um rio da Mary. Mariava cantou pelo dia afora músicas esquisitas acompanhadas de danças de fazer revirar o corpo inteiro. Fechava os olhos e tremia o peito, os ombros. Abria caminho pra passar o espírito abestado da Martha.

Pensei na mãe o enterro inteiro. A mãe talvez morresse com a Martha. Mas agora, quem mais chorava pela filha doida dela era uma preta que a mãe, certamente não encostaria um dedo com medo de queimar as mãos com a cor forte, ardida de fogo queimado. A mãe nunca conheceu cores que não fossem as suas.

Voltamos pro Catete, amarramos a carroça. Meus pés ainda não tinham alcançado a poeira do chão quando vi o capitão levar Mariava pelos cabelos. As mãos agarradas ao chumaço crespo deixavam pelo rastro os gritos e pingos dos olhos da pobre diaba. Mariava ganhou sessenta chicotadas, cuspidas e pisões de pé. Cantava uma música bonita enquanto recebia o castigo. A pena era porque não tomou conta da Martha feito deveria. Se tivesse olhado com afinco, a louca não teria tido tempo de se enforcar na goiabeira.

Custou muito, mas Mariava secou as costas de onde pulavam feridas abertas. Enquanto Deus não via, eu colocava as compressas nas costas de cor quente da Mariava. Como era bonita!

Se me vissem tomando conta dela, Mariava corria risco de mais surra. Não permitiam a amizade entre nós.

— O que vai ser de nós, Mariava? Nascer mulher é o pior castigo do mundo. Fazem da gente o que querem. Eu nunca pedi pra sair de casa e mesmo assim fui trazida num navio sem ter ideia para aonde ia. Minha sorte é não sentir falta da Irlanda.

Mas sinto saudade da mãe, sinto saudade de casa.

— Saudade é castigo pior que o castigo de ser mulher, galega. Eu já nasci daqui desta terra. Mas não me querem aqui a não ser pra me explorarem, me surrarem. Por isso eu sinto saudade do que não aconteceu. Poderia ter ficado em Angola de onde veio a mãe. Arrancaram a nossa gente de lá sem palavra alguma. A mãe também veio cega num navio, mas um cheio de doença, peste, preto e rato.

— A gente não sente saudade do que não conhece, Mariava.

— Sente, galega, e muita. Eu plantei no meu pé a imagem de uma casa. Há dias de seca e é quando ela me deixa em paz, não me amola o juízo. Há dias de chuva que regam saudade e fazem o remoer do coração crescer fértil. É quando vejo um futuro todo despedaçado e que nunca aconteceu. Mas existiu. Eu que não cheguei a tempo. Me tiraram o futuro e agora eu moro aqui no Brasil.

Foi minha amiga que viu minha barriga apontar primeiro. Ela também estava grávida. O dono da quinta do Catete abusava da moça o quanto lhe servisse. Dom Vaz Peixoto abusou tanto da Mariava que uma hora a menina embuchou. Passaria assim, a viver pra sempre na quinta do Catete com o filho bastardo do dono, Don'Ana a castigá-la pela beleza de rosto, de corpo, de espírito. Desejei tanto que Mariava saísse daquela casa. Mas se fugisse, não iria longe. Uma moça daquelas, negra ainda, seria aproveitada senão de um jeito, de outro.

CAPÍTULO 15

A Monica soube da minha gravidez. Por razão de saúde, disse que contaria pro pai se eu não contasse. Era preciso usar os privilégios que ele tinha para achar um médico, uma enfermeira, uma parteira. Naquela tarde, saí com Mary e Monica para a Rua do Lavradio. Lá havia um posto médico para todas as enfermidades. A minha era meu filho.

A carroça esperava no pátio da quinta. Voltei em casa para apanhar um lenço, hábito que trouxera da Irlanda. Medo de vento no pescoço que nunca acontecia no Rio de Janeiro. Nem de tarde e nem de noite.

Adentrei meu quarto e vi a Dolores, que estava lá pra fazer o jantar, se enfiar com as pernas abertas no colo do meu pai. Em cima da cadeira de rodas dele, o terço e a imagem da Santíssima Trindade na parede. O pai me enxotou do quarto feito quem espanta a pomba atrás do almoço. A casa já tinha perdido a vergonha há tempos. Dolores não escondia mais o vexame. Descaradamente fazia com o meu pai o que a senhora Betty White fazia na Irlanda e minha mãe negou por muito tempo.

Pedi desculpas pela intromissão, peguei meu lenço, fechei a porta. Na carroça, nos olhos das minhas irmãs pairava a dúvida. O que seria de mim quando o pai me rejeitasse? Tentaram enfiar em mim uma vergonha que nunca senti. Um arrependimento que nunca me veio. Nem o fato de Orlando ter ido embora sem notícias me marcou tanto quanto o que se seguiu pela minha vida a partir dali.

Na volta da Rua do Lavradio, passamos pelo porto. Mais um navio da Irlanda chegava trazendo miseráveis feito nós. Monica se calou. Meus olhos procuravam um afago dela. Uma bronca que fosse. Seu silêncio era cortante, fino. Parecia o vento que vinha da nossa janela de vidro quebrado em pleno dezembro em Cork. Todo ano o pai dizia que ia arrumar aquela janela. Martha gostava dos pedaços de vidro. Um dia Mary viu Martha cortando cada ponta do dedo com o finco do vidro. Ria histericamente a cada gota de sangue que despontava. Martha nunca falava com a gente. Ria, chorava, pulava feito uma criança. Gritava muito. Nunca falava com ninguém. Falava dos outros, jogava palavras ao vento. Parecia não saber da gravidade ou suavidade de cada uma. Um dia, no meio da sopa da noite, disse pra mãe que a amava. Poderia ter dito que chovia lá fora. Era a mesma coisa. As palavras pra Martha tinham a mesma intensidade, a mesma gravidade ou nenhuma. Não tinham contexto. Monica pediu o quanto pôde que eu perdoasse Martha por contar sobre meus únicos dias de sol na vida com Orlando. Se Monica quisesse ouvir a verdade, saberia que nunca perdoei a minha irmã. Mas para apaziguar uma casa tão desgraçada, dizia que sim, que Martha descansasse em paz.

De frente pro pomar da nossa chácara, o olhar da Mariava. Ela sabia que nossos olhos não se encontrariam por muitas outras vezes. Aqueles seus olhos pretos lindos de arder! Antes de entrar em casa, Monica me dá o aviso: vamos ter que contar pro meu pai sobre a gravidez.

Àquela hora, de certo meu pai já teria terminado seus afazeres com a Dolores, que deixou pronto um ensopado de carne. Senti tanto nojo daquela comida que só me sentei à mesa pra ouvir de perto mais um capítulo da humilhação que eu teria que passar.

Rezamos de mãos dadas um Pai Nosso. Agradecemos a Deus pela comida, a união da família, a harmonia, a felicidade. Mal disse amém, Monica sem pretextos e desculpas anunciou a notícia. Nos olhos do meu pai, espuma de ódio. Deu um murro na mesa e tirou o cinto. Mais uma surra já não me faria diferença. Monica pediu compaixão. Mary com aquele temor de sempre nos olhos. Era perdida na vida. Não faria nada que a tirasse daquela miséria. Acomodou-se a sentir medo. Vivia feliz assim. Sentia por mim, eu via, mas nunca levantaria um dedo, a voz em defesa da justiça ou do afeto. O silêncio dela perpetuava cada gota de hipocrisia que saía de casa.

Terminaram o ensopado. Palavra alguma foi dita. A única que procurava olhares à mesa era eu. Todos enfiados com afinco no prato fundo. A cada colherada fechavam os olhos. Monica olhava pro centro da mesa. O pai encarava a parede.

Eu era a única que via o espetáculo. Esperava depois do jantar o meu julgamento e a punição. Não veio naquela noite. Veio depois e permaneceu.

Os negrinhos que viviam na quinta esperavam ordens para entrar em casa e levar uma cama de mola pra cozinha. Em frente ao fogão, eu passaria a dormir até que se livrassem da vergonha que eu era. Demorei a fechar os olhos. Ouvia os gritos do pai com a Monica. Ponderava os erros na criação tão religiosa. Perdão, no entanto, era desconhecido na prática de Deus dentro da nossa casa. Ocorreu-me que nunca pedi desculpas. Não cheguei a sentir o peso da culpa em momento nenhum da vida que virou a minha.

Quando a noite acabou, a Monica me acordou com um beijo. Um afago rápido que era a persistência dela com seu amor. Ela não tinha desistido de mim. Fiz a minha cama, dobrei o colchão de mola e guardei atrás da porta. Seguiu assim minha acomodação, feito um hóspede, por algumas semanas, enquanto eu amolecia meus ossos junto do fogão, do calor e da umidade daquele país esquisito.

Recontei na minha cabeça a história do Hy-Brasil.

Como se contasse pra Martha, procurei descrever detalhes da ilha que só existia de sete em sete anos. Da ilha que era mentira. Das esmeraldas, da ponta de ferro, dos naufrágios, dos olhos verde e cinza que encontrávamos vez ou outra confirmando milagres e inexplicações.

CAPÍTULO 16

O cheiro do café, a bananada repuxada pela dona Justa na coberta de palha, a vista agora sem a goiabeira. Papai mandou cortar a árvore da Martha e agora o que a gente via dava pra uma coberta de palha com um fogão de lenha onde estava fincada a dona Justa, preta que aportou de Angola nesta mesma casa, ainda menina. A flor da goiabeira acabou. Foi carregada com a Martha. Deixou tristeza aquela abestada. Levou até a goiabeira com fruta e flor. Tem gente que nasceu para arruinar tudo em volta.

Fiz vários potes de geleia pela manhã. Manga, pêssego, mamão, figo. Acostumei a adocicar o morango, mas por aqui, no Brasil, não tinha fruta vermelha que prestasse. A feira do Largo da Lapa acontecia às quartas-feiras. Eu não ia mais. Meus vestidos já alargavam pra acomodar a novidade.

Às quatro da tarde, três batidas na porta. Dei passagem e ofereci o sofá ao grupo de três mulheres que procuravam o pai. Carregavam crucifixos no pescoço, olhares sombrios e engessados. Estavam ali pra me salvar, anunciaram.

Contestei e levei um grito do meu pai. Calada, notei que talvez fosse aquela a única chance de sair dali de casa. Concordei finalmente e me veio até certo otimismo.

Na semana que se seguiu, arrumei uma mala pequena com o que precisaria. Como boa católica irlandesa, teria o bebê de que jeito fosse, mas não precisava me preocupar com roupas, mantas, nada. Teria tudo pra o bem-estar do meu filho. Tudo.

Nada faltaria, as freiras asseguraram. Nada.

Despedi-me da Mary e da Monica que seguiria pelas Minas Gerais em poucos dias. O pai abaixou os olhos. Não quis mais me ver. Não precisar beijar nenhum dos meus irmãos foi uma alegria. Abraçar minhas irmãs foi a minha vontade de coragem.

Com promessas de contato e visitas frequentes, afagaram minha incrível agitação e segui adiante. Na charrete, o nó, o presságio. Olhei para a Quinta pela última vez e lá, agarrada na porteira, de pé e com os olhos em chuva, Mariava.

CAPÍTULO 17

Não cheguei a acompanhar o caminho todo. Cochilei. Quando a charrete parou na entrada da casa, perguntei onde estava.

— Na casa de Deus.

Lá em cima, no telhado, reparei na janelinha com cortinas semiabertas. Batia sol, ainda bem. Esperei que fosse minha aquela janela. Os jardins, a entrada da casa, as árvores eram paisagens espetaculares. Plantas imponentes, fortes, coisas raríssimas e inexistentes na Irlanda. Senti uma certa alegria me olhando. Sair de casa já me trazia de volta a vontade de viver. Estar ali naquela casa tão bonita me pareceu a sorte.

Com palavras macias, a Irmã Manuela me fez adentrar o hall cinza de tetos altíssimos e um cortante eco ao ouvir o "boa-tarde" da Irmã Esperança. Tinha um leve sotaque. Confirmou que era missionária e que, feito eu, tinha desembarcado da Irlanda.

Duas moças mais novas que eu e uma das Irmãs me levaram para o penúltimo andar. A janelinha não seria minha. Abriram a porta e lá dentro cinco camas emparelhadas de

cada lado da parede comprida do quarto inexplicavelmente frio para o Rio de Janeiro. Notei a vidraça quebrada. Já fazia um fio de frio e não era julho.
Tínhamos subido a serra. Itaipava. Nome de índio. Onde será que andava Orlando naquela hora?

— Quem são as outras nove pessoas que dormem aqui?
— Serão nove com você. Louise foi embora na semana passada.

Não precisamos mais dela.

Irmã Imaculada me deixou no quarto com as duas moças que também dormiam ali. Notei que uma delas estava prestes a ter seu filho e várias eram irlandesas. Contaram sobre o propósito do lugar. Era uma casa para esconder a vergonha das famílias. Uma casa para o esquecimento da alegria vivida por cada uma de nós. Um esconderijo para as barrigas saudáveis e pontudas que cresciam com amor dentro delas, mesmo se feitas de escândalo.

As moças se apresentaram como Justine e Iris. Falaram pouco. Justine abriu um sorriso, me deu boas-vindas. Justificou a carranca de Iris. De cabelos pretos e muito branca, Iris estava para ganhar seu bebê nesta semana, no máximo na próxima. Chorava muito, sem parar. Quando perguntei a razão, as duas se calaram e me deixaram sozinha. Desceriam para o jantar e Justine guardaria um lugar ao lado dela. Ouviu dizer que era sopa de abóbora, deliciosa, e que ganharíamos até pão fresco com a refeição. Tatiana, que ajudava na cozinha, tinha feito pão doce para as meninas.

Eu quis saber dos empregados.

— Onde estão as negras? Quem faz a comida? Quem lava as roupas? Irmã Inocência me interrompeu:

— Não precisamos de negras. Temos vocês para qualquer atividade que a casa precise. O trabalho é uma dignidade para o ser humano. Para quem perdeu parte dessa honra, recuperar um pouco da vergonha, vale muito o ofício. Para os jardins, a colheita de legumes e verduras, para puxar as charretes quando os cavalos adoecem, temos alguns negrinhos. Para todo o resto temos vocês. Não se deixe seduzir pelos hábitos da colônia, minha filha. São insustentáveis. Deve-se aprender a cuidar da própria higiene, da própria comida. Não dependa dos negros para fazerem-lhe a cama e o pão. Se forem mesmo alforriados, como especulam nessas serras, as donas das casas-grandes morrerão de fome e de sujeira. Os patrões não sabem fazer nada por conta própria nesta terra Brasill.

Pensei no distorcido semblante da Justine e da Iris. Uma carregava sorrisos. A outra carregava um calvário.

Durante o jantar com sopa de abóbora e um pedaço de pão para cada uma das vinte e oito mulheres sentadas à mesa, Iris passou mal. Começou a sentir contrações fortíssimas e foi carregada pelas Irmãs para o quartinho do telhado. Era a sala de parto. Não tínhamos permissão para entrar ou ajudar. Sentávamos nas escadas e de lá ouvíamos os uivos agonizantes de Iris colocando no mundo a Angela.

Percebi que depois de ouvir o choro da menina, Iris continuava seu lamurio. Gritava e pedia que não. A Irmã Inocência passou com a bebê no colo, enrolada e ainda suja.

Foi limpá-la na pia do andar de baixo, o nosso. Segui a freira até a porta, mas ela bateu com força fazendo a menina chorar de susto.

Nunca mais vi Iris.

Na manhã seguinte, no café, perguntei por ela e Irmã Imaculada me explicou que estava muito fragilizada e precisava de repouso absoluto. Não tinha permissão nem de receber visitas e nem de sair do quarto.

— Já viu a filha?

— Claro! Não temos coração de pedra, menina.

No fim daquela tarde, ouvi estacionar uma carroça que poderia ser uma carruagem de reis, na entrada da casa. No meu quarto, eu bordava uma encomenda das freiras para o mercadinho, onde vendiam produtos feitos por elas, sempre com nossa ajuda.

Corri para a janela e lá de cima percebi que duas Irmãs acompanhavam uma senhora de chapéu, muito bem vestida, com luvas finas e de muita elegância para dentro da casa. Um homem, que imaginei ser o marido, seguiu junto. Não saí da janela. Vigiei cada folha que balançava. O vento fazia a mangueira se descabelar. Já via por entre os galhos, paisagens novas, antes trancadas pelo calor do verão. Vi um urubu se aproximar da árvore em frente ao meu quarto. Lembrei que pássaro preto na Irlanda era sinal de mau presságio. Não acreditei. Era um urubu voando de lá pra cá. Não era nada de mais. Por pouco, por distração, quase perdi de vista a saída do casal em direção à carruagem. Carregavam no colo envolto em uma manta, um bebê. No mesmo instante, cortou o ar um grito tão fino que nem o vento de janeiro lá de onde eu vim teria tanta força. Era Iris em desespero. Tinha acabado de perder a filha. O casal viera levar embora a sua Angela. Iris não pôde se despedir, não deixaram que saísse do quarto.

Em dois dias, Iris enlouqueceu e seguiria numa longa viagem para uma colônia de doentes distraídos, às margens do Rio das Mortes, pra dentro da mata onde o Brasil não tem mar aberto. Havia lá uma Matriz da Nossa Senhora da Piedade, um pelourinho, arraiais e freguesias. Um vilarejo nobre e leal chamado Barbacena, na Província das Minas Gerais.

CAPÍTULO 18

Não eram sete da manhã e a Irmã Inocência me enxotou da cama sem muito traquejo dizendo que, lá embaixo, esperavam por mim.

Era Mary, acompanhada de Tonico, o negrinho da quinta que empurrava a carroça pra todo lado. Mary tinha o coração na boca. Suava. Pura aflição.

Daniel tinha sido morto no centro do Rio de Janeiro. A revolta dos estrangeiros se agravou.

"Erraram, Margareth, erraram. Acharam que o nosso Daniel estivesse do lado de lá. Os negros vieram com arma, a mando dos patrões e mataram ele a tiro, Margareth. Daniel estava de uniforme, mas os escravos não se atentaram. Viram os olhos azuis, a língua enrolada e atiraram nele. Todos os irlandeses e alemães estão morrendo. Os negros estão atirando nos brancos estrangeiros que não querem ir pra guerra. O Daniel acabou, Margareth."

Não senti um pingo de tristeza. Não senti nada. Nem pena, nem alívio. Daniel era indiferente pra mim há muito tempo. Coitada da Mary. Veio me chamar pra enterrar meu irmão, mas voltou sozinha com o Tonico.

Acabou assim o Daniel. Nunca mais pensei nele.

James seguiu pra Cisplatina. Por carta soube, meses depois, que passou a viver na Argentina. A pátria brasileira foi-lhe enfiada goela abaixo e nunca teve dignidade de honrar a bandeira nas batalhas. Não precisou de tanto e traiu o Império. Virou o braço direito do comandante Carlos Maria de Alvéar, fornecendo informações preciosas que ajudaram na eventual independência e criação do Uruguai. Recebeu terras, proteção e recompensa na forma de Maria Anita Suarez de Alvéar, sobrinha do comandante.

Nada sobre os meus irmãos tinha importância pra mim.

Saíram assim da minha vida, sem aviso, sem dor, sem falta. Não fazia diferença a ausência deles, porque a presença nunca se fez de fato.

Pensava na Mary. Sozinha com os negros e o pai naquela quinta. O que seria da Mary? Torcia pra que se casasse. Não sabia fazer mais nada da vida que não fosse o papel de boba.

CAPÍTULO 19

Depois da ida da Iris, previ que teria um futuro não muito distinto. Por que comigo seria diferente? E se, feito Iris, eu enlouquecesse de fato e, pelo bem das coisas todas, desaparecesse?

Justine passou a ser minha amiga. Gastávamos horas fazendo planos para nossos bebês.

No quarto, conversas:

— Você já tomou gin, banho quente? Já te falaram pra tomar a ducha?

— Esses benefícios são conversa, Mariane. Não é algo que venha em sete, nove meses, entendeu? E onde teria gin no convento?

— Gin não falta. Toda vez que algum benfeitor vem, chega estoque de garrafas de gin que são trazidas dos navios irlandeses. Irmã Inocência faz pedido. Diz que são para desinfetar as facas dos partos. Mentira. Ela bebe cada gota.

Simulei indiferença no olhar e continuei minha leitura. Não tinha entendido a conversa entre Justine e Mariane.

As Irmãs nos deixavam ler alguns livros, especialmente a Bíblia. Tornavam-se gentis com as moças leitoras da palavra de Deus. As que não sabiam ler, ouviam, feito história contada antes de dormir, o Antigo e o Novo Testamentos. Toda noite eu contava pra Justine a história de Hy-Brasil. Aquele conto era eu. Fazia parte de tudo o que tinha sido até então. Nunca tinha contado outra história e repetia aquilo como se fosse pra Martha.

Um dia, durante o chá da tarde, Alice, uma menina calada e que lia compulsivamente, foi castigada porque foi flagrada com um livro médico de um autor chamado Amato Lusitano.

O livro era *Sete Centúrias de Curas Medicinais*. Uma das passagens do livro proibido dizia que uma freira engravidou na banheira com a água cheia de sêmen.

Irmã Constância percebeu que ela havia encapado o livro e foi verificar se era permitida a leitura. Quando identificou A. Lusitano, ordenou que Alice se levantasse, subisse a saia e ali, durante o chá, Irmã Constância deu uma surra nela. Livros médicos em mãos ignorantes não existiam senão para colocar minhocas nas cabeças vazias. Onde já se viu um livro com tantas referências à luxúria? Alice não foi vista por semanas. Tinha sido punida e fazia horas e horas extras passando infindáveis lençóis, panos e hábitos.

Não soube o que Justine quis dizer com o banho quente e gin. Senti vergonha de perguntar. Nunca mais falou naquilo. Fui entender tudo numa noite apavorante que se seguiu quando eu já estava avançada na gravidez, com seis meses.

Às oito da noite em ponto, juntas a duas freiras no quarto, fazíamos a última oração do dia. Uma das meninas recém-chegada ao convento era a Silvia. Boca e nariz finos, tinha bochechas rosadas e cabelos muito escuros. As sobrancelhas sobressaíam-lhe aos olhos muito azuis. Era irlandesa feito eu e de família muito católica. Engravidou do próprio tio. Silvia tinha dezesseis anos. Antes de servir o Brasil na guerra do Sul, o tio de Silvia fez-lhe as honras. Assegurou-lhe que daria a ela a honra de se desvirginar com um branco, gente do bem, ao invés de ficar em risco com tanto negro nesse país mesclado, sem lei. Pedimos perdão a Deus mais uma vez e fomos dormir. Velas sopradas, portas fechadas. Dez minutos depois, quando já era silêncio no quarto e nos pensamentos, Silvia se levantou e andou em direção ao banheiro. Encheu a bacia de água fervente. Estranhei. Não era o mês do banho da Silvia. Tinha tomado banho há menos de vinte dias. Algumas de nós se levantaram, mas a porta estava trancada à tramela. Não demorou muito, as freiras, no térreo, perceberam o barulho de água e os passos no chão de madeira frio e esburacado. Quando a Irmã Flora abriu a porta logo se deu conta de que Silvia tinha deixado a sua cama. Parecia saber o que se passava com aquela menina, ainda uma criança, em desespero no banheiro do convento.

    Silvia gritava que a deixassem em paz, enquanto várias das freiras urravam e esmurravam a porta numa tentativa de salvar a vontade de Deus. Quando a porta foi finalmente arrombada, Silvia foi encontrada nua dentro da bacia quente de sair fumaça, uma fogueira e uma cuia de metal, com uma garrafa de gin em punho. Entre as sugestões dos médicos para fim de gravidez estavam cair das escadas e consumir gin enquanto tomava banho quente. As freiras retiraram a menina de dentro da água em fogo, mas Silvia se debatia e gritava que preferia morrer do que ter a criança. Irmã Constância tapou sua boca com a mesma mão que nos alimentava com a hóstia de domingo. Era como se o desejo de Silvia maculasse a pureza das mensageiras de Deus. Silvia, no seu último esforço, bateu a garrafa de gin contra a janela, estilhaçando cacos pelo banheiro. Com o vidro abriu os pulsos. Ela não brincava quando disse que preferia morrer a ter um filho do tio. A água quente e o gin eram sua última tentativa de um aborto, palavra impronunciável dentro daquela santa casa. Silvia, por bem, morreu.

CAPÍTULO 20

Passei dias e noites pensando o que eu faria se soubesse que poderia interromper a gravidez, às escondidas. Soube por Justine que uma amiga de uma prima na Irlanda havia abortado com um pedaço fino de pau. Pegou uma infecção, teve hemorragia, mas viveu. Voltou pra casa e mentiu que perdeu o bebê naturalmente. A família com a previsibilidade da hipocrisia, não fez grandes questionamentos e abraçou de volta à casa aquela mulher caída.

Mas a minha vergonha era que eu queria meu filho. Eu queria tê-lo, olhá-lo, cuidar dele, estar com ele. Eu nunca tive dúvidas de querer aquela criança para perpetuar em mim a única vez que eu fui feliz. No fundo, esperava que se parecesse com Orlando, para eu me lembrar frequentemente dos dias de sol.

Apesar de cinzas os dias, Justine me ajudava a achar no convento alguma manifestação de amor. Ficamos muito próximas. Nossos filhos nasceriam na mesma época. Bordamos enxovais lindos! Pensava na Mariava. Que espécie de sorte teria ela?

Nosso trabalho era lavar, passar, costurar, mas principalmente lavar e passar as roupas do convento. Eram lençóis, colchas pesadas, cobertores, toalhas, panos de mesa, roupas das freiras. Todo sábado o padre mandava seus negros entregarem farinha de mandioca. No domingo, três ou quatro de nós éramos designadas a passar o dia fazendo a goma para as roupas. Farinha de mandioca e água quente. Tudo pronto para engomar os lençóis das freiras, seus vestidos e seus hábitos. Frequentemente lençóis se rasgavam e com eles fazíamos mantinhas, cueiros, vestes para os nossos bebês que nos enchiam de esperança. O trabalho na lavanderia do convento era pesado, duro, braçal.

Eu olhava por Justine. Ela fazia o mesmo. A dificuldade para passar as roupas era imensa. Nossos braços curtos mal alcançavam as mesas com as roupas estiradas. O calor das brasas era desumano, mesmo na serra. Nossas barrigas no meio do caminho faziam dos pés enorme cansaço. Eu criava veias que se espalhavam num emaranhado azul pelas pernas afora. As da coxa doíam bastante. Torcia para que explodissem. Talvez aquilo libertasse a dor. Meu alívio era a hora sagrada da oração às três da tarde. Era quando, de joelhos, pedíamos perdão pelo crime cometido. Estávamos naquele convento certamente por sermos merecedoras de um castigo. De joelhos e pensando no rosto do meu bebê, descansava as pernas. Era meia hora de penitência, quando deveríamos rezar, orar, refletir sobre a grande falta de ter engravidado. Era meia hora descansando as coxas, os tornozelos e sonhando com meu filho, com seu rosto de sol.

CAPÍTULO 21

Muitas de nós trabalhavam na cozinha. Éramos geralmente distribuídas entre grávidas e as mais antigas. As que já tinham passado pelo inferno que me esperava e que não tinham pra onde ir. Ficavam perambulando feito almas penadas entre o fogo dos fornos à lenha que produziam bolos de milho, broa de farinha de mandioca, bananada, goiabada, pães e tortas, raramente comidos por nós. Nossas refeições eram arroz, feijão, às vezes com bucho ou porco no almoço e sopa no jantar. Às quatro da tarde, serviam um pedaço de pão seco, sem as geleias que fazíamos. Pensei na minha mãe, nas minhas irmãs. Será que Mary ainda produzia geleias? Quando cheguei no convento, achei na minha mala um pote de marmelada. Minha irmã tentou enfiar qualquer doçura nas minhas coisas, no meu futuro. Logo, foi tudo confiscado. As freiras não nos permitiam senão o básico. Livros, doces, joias de família, roupas floridas e coloridas, cartas eram retirados das nossas bagagens e levados em nome da paz de Deus.

Sempre fomos uma família pobre e naturalmente nunca tive joias. Das minhas preciosidades dentro daquela maleta capenga e descascada, o pote de marmelada e o vestido usado com Orlando, feito pela mãe.

Dentro desse inferno que era a casa das representantes de Deus, tinha a Irmã Francisca que não era desagradável. De todas, era, possivelmente, a única com compaixão, tolerância e misericórdia, palavras repetidas a nós nas missas intermináveis, com pregações de amor ao próximo, justiça divina e dedicação ao sacrifício.

Eu não acreditava em nenhum daqueles princípios. Meu amor era ao meu filho que crescia fazendo meu corpo pleno. Justiça divina deveria ser a possibilidade de eu viver em paz e sem culpas, mas especialmente sem sacrifícios.

Nos poucos meses que faltavam pra chegada de Emanuel, traçamos, eu e Justine, nosso plano para sair dali carregando nossos filhos nos braços. Sabíamos da alta improbabilidade daquilo acontecer, mas num desses rompantes de esperança, não víamos outra saída senão acreditar que o futuro era possível.

A cozinha operava com uma fornada atrás da outra. Era um dos raros prazeres possíveis naqueles tempos, sentir o cheiro dos assados servidos nos banquetes das freiras e dos benfeitores.

CAPÍTULO 22

Naquela manhã, cuidei de faxinar a sala de jantar. Irmã Inocência era a responsável por receber os convidados importantes. Eram famílias portuguesas católicas e abastadas que mensalmente contribuíam com o bom funcionamento de conventos feito o nosso. Irmã Inocência estava dando uma festa em forma de café da tarde para um grupo de cinco casais que tinham exagerado na generosidade no Natal passado, com excessivas benfeitorias para a nossa instituição de grande caridade.

Limpei tudo que estava ao meu alcance. Tudo. Com afinco, pois não queria ter que limpar de novo. E era assim mesmo: quando não limpávamos e trabalhávamos conforme os padrões das freiras, era preciso repetir tudo, cada detalhe, passo a passo. Esfreguei o chão, espanei móveis, bati cortinas e almofadas, varri tapetes. A sala de visitas era simples, mas com móveis grandes, imponentes e alguns luxos como a cortina pesada feita de bordados da casa, assim como as almofadas.

Aguardei com muita dor nas veias da coxa, Irmã Inocência verificar se estava satisfatório o trabalho. Ela chegou olhando cada canto meticulosamente. Mancou até a janela. Balançou as cortinas. Tudo estava de acordo. Verificou com os dedos ossudos em longos deslizes as superfícies dos móveis. Nem sinal de poeira alguma. Almofadas na posição correta. Lustres sem teias.

Eu, de pé, esperava o consentimento para ir me refrescar no quintal. Doía a barriga e acabavam comigo as veias estufadas e azuis prontas para uma grande explosão.

Senti uma fincada agudíssima na superfície do pé. Cheguei a achar que tivesse finalmente sido picada pelas milhares de abelhas que perambulavam pelos jardins do convento. Quisera eu que fosse assim, primavera. Era o salto de metal da bota da Irmã inocência, que em ferrenho desejo de me ferir, cravou no meu pé a lembrança de que eu não tinha acariciado o tapete na direção certa. Estava uma bagunça. O que pensariam nossos adorados e cristãos doadores que chegariam em poucas horas para apreciar o investimento aplicado com propósito?

Eu me desculpei. Solucei muito de tanto prender o choro. Irmã Inocência se orgulhou por provocar meu choro, mas a dor não era tanto por ela, era por causa das minhas veias.

No quarto, havia tensão. As meninas conversavam baixo, olhos assustados, alguns olhos perdidos. Ouvi alguém falar sobre a doação em retorno. Esses casais riquíssimos e convidados pelas freiras para o café da tarde traziam fundos para benfeitorias, mas discretamente esperavam algo em retorno.

Saí do quarto. Fui atrás da Irmã Flora pedir permissão para uma volta no jardim. Não foi possível. Nenhuma freira estava disponível para ir comigo, já que a preparação para receber os convidados era frenética. Fui sozinha me refrescar para conseguir ficar de pé ajudando, durante o café, os convidados a se servirem. Pensei na Mariava. Pensei nela de pé, com a cor da pele feito uma marca de brasa obrigada a executar serviços dos mais absurdos, da cozinha à cama do patrão. Pensei se ela se lembrava da história do Hy-Brasil que eu contei pra Martha infinitas vezes enquanto ela vigiava minha irmã doida.

CAPÍTULO 23

Justine estava muito indisposta. Conseguiu licença pro repouso. Ficaria o dia todo de cama, bordando, refletindo sobre um possível futuro que, a cada minuto, vinha a galope, desesperado à procura de uma saída que não desse para um quarto mofado.

Assim, ficamos eu e Sandra de pé na sala de jantar, esperando os convidados. Nós duas, grávidas em estágio avançado, e mesmo assim, esperavam de nós posição de sentinela.

E, finalmente, lá estavam. Um, dois, três, quatro casais jovens, muito bem vestidos. Lembrei-me do Orlando, a cabine que ele ocupava no navio, o luxo que não era grande, mas que era, pra mim, um exagero. Veio-me a Martha na cabeça. Ela certamente se mesclaria bem com aquelas pessoas. Teria risos fáceis e, na hora certa, debochados. Colocações inteligentes e porte de princesa. Só para depois se fechar feito uma concha e arruinar a vida de um qualquer, como fez com a minha.

Sentaram-se à mesa, os casais, a Irmã Inocência, a Irmã Flora e a Irmã Constância. Nenhum sinal de criança alguma. Teriam ficado com as pretas, mães de leite forte e grosso que serviam pra fazer sobreviver os rebentos das mulheres com as quais dividiam o homem?

Da cozinha, algumas moças trouxeram broas quentes e geleias feitas por nós. Goiabada, figos na compota e sucos de manga. Irmã Inocência apertou os olhos que pareciam cortar a Sandra ao meio. A moça tinha se esquecido de colocar à mesa os guardanapos de pano para o evento.

Irmã Constância levantou-se, cuidou de ir à gaveta grande da prateira de carvalho da sala, anunciando que eram guardanapos especiais. Guardavam neles a primavera.

E como ela estava certa! Lá estava, cortado em pedacinhos e costurado em pequenos quadrados, meu precioso vestido que eu usei naquela tarde no navio com Orlando. Feito linha por linha pela mãe, cortado, tudo acabado. Senti um soluço subir. Era choro. Segurei. A veia doeu. Senti um prenúncio de desmaio. Pedi para sair. Na frente dos convidados, elas não negariam. E foi exatamente o que aconteceu: vestidas de impressionante hipocrisia, as freiras me permitiram sair da sala e ir repousar. Eu deveria voltar em duas horas para ajudar a retirar a mesa, a bagunça, as migalhas. Os meus pedaços... Eu que cuidasse de limpá-los. Não tinha ninguém pra me ajudar.

Entrei no quarto sem fazer barulho. Queria ser invisível. Não queria dar explicações nem mesmo a Justine. Sentei-me e a mola do colchão avisou que eu estava ali. Justine, que cochilava, levantou-se e viu de imediato as lágrimas. Menti.

Disse que não suportava a dor das veias na minha coxa. Ela acreditou. Deitou-se de novo e me deixou em paz pra sofrer um pouco. Fazia tanto tempo que não conseguia sofrer em paz, sem precisar compartilhar tamanho desperdício de vida.

CAPÍTULO 24

Na cama, olhando o teto, dei-me conta de que não recebia visitas há três meses. Nem visitas, nem cartas. Nada, notícia nenhuma chegava a mim. Quis saber das minhas irmãs. Coitadas... O que teria sido feito delas. Que destino tenebroso teriam escolhido? Monica possivelmente já era carmelita. Não suportava homem nenhum. Gostava da companhia de mulheres e num convento poderia achar o que procurava, nem que fosse para passar o resto da vida angustiada, pedindo perdão pelos pensamentos de desejo.

Cheguei a sentir saudades de casa. Não da casa na quinta. Saudades da mãe. Cheguei a pedir duas vezes permissão para visitar o cemitério em Paquetá com os restos dos irlandeses que morreram na travessia. A mãe nunca teve uma flor pra ela. Passou a morar comigo, na falta que me fazia.

Já eram duas horas de grande angústia. Voltei à sala de jantar conforme o combinado. Já tinham todos ido embora. A sala vazia tinha cheiro de vela, um cheiro de morte do qual eu não conseguia me livrar. A senhora Antonia, cozinheira chefe, veio da cozinha na intenção de me ajudar na arrumação. Protestei. Não precisava, já tinha descansado, poderia fazer toda a arrumação necessária sem muito tempo e com pouca dor.

Ela acreditou na minha mentira e voltou pra cozinha. Da janela de vidros impecavelmente limpos, vi as freiras em conversas com os casais nos jardins da casa. Pareciam gentis, amáveis como parecem ser todas as freiras.

Olhei de novo a cena adorável lá fora, num jardim de vento frio de serra. O frio cortava. Olhei, confirmei a ausência delas na sala de jantar. Agarrei um dos guardanapos, ainda sujo.

Enfiei no meu bolso. Era um pedaço do Orlando de volta pra mim. Um pedaço de dignidade da mãe. Meu vestido inteirinho desmanchado voltava, em uma parte, pra mim.

Passei a guardar embaixo do colchão aquele pedaço de sol brilhante. Minhas coxas doíam muito. Acabei indo dormir sem grandes conversas com Justine. Amanhã contaria a ela a surpresa.

CAPÍTULO 25

Não deu tempo. Às seis e quarenta da manhã, enquanto arrumávamos as camas para as orações da manhã, Justine passou muito mal. Estava entrando em trabalho de parto, algumas semanas antes do previsto, mas nada alarmante, afinal, já acabava seu ciclo.

Chamei a Irmã Inocência, talvez a fruta mais podre de toda aquela cesta, e ela disse para dar a Justine chá de erva cidreira. Justine perdia sangue e questionei se o chá era mesmo o remédio ideal para uma hemorragia. Foi quando Irmã Flora me ouviu e recomendou que chamasse as outras freiras: era hora do parto. Justine não deveria mais esperar.

Segurei a mão da minha grande amiga, assegurando-lhe que tudo daria certo, já sabendo que seu filho era encomenda para alguém, talvez um dos casais que tivesse visitado o convento no dia anterior. Dei-lhe um beijo. Justine conseguiu murmurar que era o primeiro beijo desde que saíra da casa dos pais. Agradeceu e foi.

Justine morreu às dez da manhã. A hemorragia não cedeu, houve infecção, aparelhos mal higienizados. Foi seu fim e foi embora com ela uma grande parte de mim.

Rosa foi um bebê deslumbrante. Nasceu saudável da mãe morta. Olhos castanhos, bem escuros, pulavam da pele tão branca. Cabelos aos montes, aos tufos. Como vi Justine em Rosa! A maior das tristezas era a filha sem a mãe para contar-lhe do amor até aquele momento. Como foi querida a Rosa!

Fui ao quarto e entreguei nas mãos da Irmã Imaculada o enxoval belíssimo feito todo por Justine. A freira me olhou secamente dentro dos olhos e agradeceu.

Rosa foi entregue a um casal no dia seguinte. Não esperaram nem que Justine esfriasse. Na semana seguinte, minha amiga foi enterrada no cemitério do convento, sem um nome, sem placa, sem data.

Naquela tarde, quando o sol desaparecia, voltei até Justine. Sentia saudades. Falei um pouco. A pedra do túmulo ainda de cimento fresco era tão impessoal. Em algumas semanas, seria tão fácil se misturar com as outras e ninguém mais saberia dela. Peguei uma pedra e tatuei minimamente o lado esquerdo da lápide. Ali descansava Justine Helen Delvis. Não seria mais esquecida.

Com o nascimento de Rosa eu sabia que o meu parto estava muito próximo. Foi um mês de grande dificuldade. Sentia imensa falta de Justine.

Numa terça-feira, nesses dias feitos de nada, Irmã Flora entra no meu quarto e me entrega um pacote.

Era feito de papel de seda. Uma fita laranja envolvia a surpresa. Pedi que, se possível, gostaria de abrir sozinha o pacote.

Irmã Flora hesitou. Não era frequente darem a ninguém o direito à privacidade. Concordou e, assim, sentei-me na cama com grande senso de ocasião. Coloquei o pacote no centro da cama e antes de abri-lo fui pentear os cabelos. Lavei as mãos. Aprontei-me para saber notícias de casa. E feito uma luz que cega, o segundo envelope lacrado trazia um soco no meu juízo:

Remetente:
Dr. Orlando Finley

De onde vinha aquele sol todo?

Em volta daquela espécie de bomba, cartas da Mary. Numa delas, se desculpava, não por nunca mais ter me visitado, mas por não ter me entregado antes notícias do médico que me colocara ali, naquelas condições deploráveis. Ainda assim, achou digno que eu tivesse notícias. Quem sabe ele explicava a razão para o meu abandono.

Contou ainda que para me preservar, não tinha aberto a carta e gostaria que eu lesse em primeira mão as explicações do médico. Ele conseguiu saber da nossa morada na quinta no Catete através do registro oficial do porto. Deram a ele oito endereços de quintas. Chegou a visitar outras duas. Na terceira, encontrou uma menina grávida, machucada, de cabelos em desalinho, batendo lençóis no riacho. Era Mariava. Ela não tinha permissão pra falar dos patrões, dos colonos. Orlando deixou com ela a carta. Mariava esperou para entregar a Mary, já que se o pai visse, eu nunca teria colocado as mãos nesse pedaço de ansiedade.

No riacho, enquanto batia as roupas à pedra, Mariava delirava. Cantava a história de Hy-Brasil. Orlando conhecia a lenda e disse, como médico, que olhos bicolores eram raros, mas ali no Império feito de negros, índios e ibéricos, feitiço era possível.

Mariava uivou. Ria. Gargalhava. Parecia ter pegado a loucura da Martha.

Cantou até ver Orlando sumir nas águas.

"Brasil, oiê ia, ilha de fumaça, aiê uolá.

Terra de feitiço, feita de dois olhos.

Um verde e um da cor do mar.

Aiê, uolá. Aiê uolá."

CAPÍTULO 26

A carta de Orlando foi morar embaixo do meu colchão. Não abri. Não precisava saber verdades, fraturar sonhos, acabar com promessas. O fato de ter se lembrado de mim já era o que de melhor me aconteceria, eu sabia. Se tivesse outra pessoa, uma família, à minha procura... O que importavam tais hipóteses? Guardei com o pedaço de pano que foi dele naquela tarde azul de sol. Encheu-me de alegria aquela completa falta de informação.

O que quis ler de fato e com atenção foi a nota da Mary. Estava bem. Aprendia a ler e a escrever cada vez melhor. Monica havia virado carmelita e passava meses em missões para além do Rio Parahybuna, no trás da serra, em povoados que começavam a ser feitos de portugueses e foragidos. Mary começava a corte com um viúvo amigo do senhor Vaz Peixoto, dono da quinta. Sem filhos, o viúvo esperava na Mary a fertilidade para que não morresse desamparado. O que teria sido de mim se tivesse ficado na quinta, na Irlanda até?

Mas eu já era mãe por dentro. Carregava minha criança com grande amor e senso de proteção. Imaginei que, talvez, pudesse me atingir uma sorte distinta daquela que teve

Justine e Silvia, que morreram. Quem sabe, talvez, pudesse cair em mim a boa sorte de uma vida com o recém-nascido. Diferente das moças que chegavam ao fim da gestação sem mortes, tristezas, cansaços. Talvez, quem sabe, eu estivesse ali para ser a única a ter uma sorte boa.

A ausência da mãe me doía, mas fiquei feliz com as cartas de casa, as notícias. Sobre o pai tinha pouco escrito. Parecia estar bem e teimava em viver, apesar de pegar infecções tropicais na perna. Dolores passou a dormir no quarto com ele, já que urinava na cama e precisava de atenção e cuidados todo o tempo. O senhor Vaz Peixoto protestou a companhia da preta Dolores no quanto do branco irlandês, às vistas de todos. Mas o pai andava com medo de ficar sozinho. Dolores dizia que a morte só vinha pros desacompanhados e que uma vigília era necessária.

CAPÍTULO 27

A cama de Justine logo foi ocupada por Ester. Vinda de Cork, virou a vergonha da família inteira. Saiu de casa feito um cachorro corrido. Mal conseguiu catar algumas poucas peças de roupa. No navio, veio com um tio viúvo e o primo. Todos buscando a terra Brasil, a terra dos bons feitiços, mágica, de promessas de esmeraldas raras.

Ester vivia calada, arredia, enquanto a barriga se arredondava e dava a ela um semblante mais ameno.

Eu sentia grande falta da Justine, especialmente por Ester, no lugar dela, não ter a simpatia da minha amiga. Ester também vivia deitada olhando o teto enquanto enrolava o cabelo com os dedos. Tinha noites que chegava a sentir medo de dormir com ela assim tão perto. Seus olhos me lembravam os olhos de Martha. Eram vazios, beiravam a loucura.

Ester só se levantava para ir à lavanderia estirar roupas, fazer a goma. Dava duro e descansava todo o tempo livre que tinha. Raramente comia. Cheguei a convidá-la várias vezes para o jantar, para as orações. Não que ela estivesse perdendo grande espetáculo, mas sair do quarto, sair de onde não queria estar talvez levasse ar na mente dela.

Comecei a guardar pedaços do pão da sopa para alimentar Ester toda noite. Ela nunca agradecia. Mas me olhava, como se por reconhecimento de rosto. Não falava, não se expressava. Tinha pânico daquilo. De fato, me preocupava com a falta de comida naquela mulher que guardava uma criança na barriga, mas dava-lhe os pedaços de pão principalmente para se afeiçoar a mim e não me matar enquanto eu dormia.

Numa noite de agosto, o frio era absoluto. Não tínhamos muitas cobertas. Era um recado para cada uma de nós colocarmo-nos em nossos lugares, sem qualquer ambição e com extrema aceitação. Deveríamos sempre agradecer o teto, a comida, o pouco cobertor, a possibilidade de trabalho, mesmo que o pagamento fosse o alojamento no quarto frio com um pedaço de vidro quebrado na janela. Só o quarto de partos era aquecido com uma lareira. Ouvi dizer que era lugar de grande conforto. Era, afinal, um local que gerava grandes lucros às freiras que trocavam nossas crianças por benfeitorias.

Já passava de meia-noite. Meu tamanho não me deixava dormir. Minha barriga era enorme. Não havia posição que me aquietasse, mesmo com todo o cansaço e com a dor das veias da coxa me consumindo de maneira desoladora. Eu tinha os olhos fechados. Ouvi por um instante muito movimento numa das camas. Alguém, feito eu, também estava acordado. O barulho crescia como se alguém me mexesse com raiva e propósito. Ouvia o corpo na cama se virar para os lados incansavelmente. Numa das camas um shhh pediu silêncio. Não houve. Quem quer que fosse naquela cama, mexia sem sinais de repouso.

De repente, um golpe. Como se algo tivesse caído no chão, um barulho morto para aquelas horas silenciosas no convento.

Uma das moças acendeu a vela. No chão, com a língua pra fora e se contorcendo em ataque epilético, Ester. Seus dedos da mão entortavam como se fossem quebrar. Batia a cabeça contra o chão e espumava feito um cachorro raivoso.

Nenhuma de nós pôde fazer muito por Ester. Algumas das moças batiam nas portas dos quartos das freiras. Irmã Inocência, que era enfermeira, deu os primeiros socorros.

Ester teve vários hematomas. Ficou vermelha, roxa e azul por semanas. Sofria de convulsões fortíssimas desde os dois anos de idade. O tio-avô, médico, receitou a ela, pela vida inteira, xarope Dr. Seth Arnold. No vidro, a morfina que curaria os ataques que faziam a menina alongar, esticar o corpo agonizando. Ester também se submetia a frequentes sessões de exorcismo para a epilepsia.

CAPÍTULO 28

Talvez uma das grandes surpresas da minha vida foi ter visto todas e cada uma de nós se apaixonar pela criança que nunca teríamos. Qualquer sacrifício nunca fora em nome de Deus. Absolutamente todo sacrifício era por vidas dentro de nós que seriam, indiscriminadamente, arrancadas da nossa capacidade, esmagando o que se conseguia ainda sonhar.

A Ester engravidou de um amigo do irmão, enquanto morava em Barking, no leste de Londres. Foi uma desgraça. Ninguém se preocupou com a saúde da Ester que, além de grávida, sofria tanto com as convulsões quanto com a tristeza. Mas Ester tornou-se mãe quando engravidou. Amava tanto a filha na barriga que, por procurar estar bem e sem as dores da cabeça e do corpo, tomava morfina sem parar.

A Olivia da Ester nasceu três meses depois do meu filho.

Eu amamentava quando ouvi os gritos de contrações da Ester, vindos da sala da higiene. No banho do mês, a água se coloriu de vermelho sangue. Olivia chegava.

Corremos para que tivesse tempo de se acomodar e receber seu bebê com tranquilidade. Irmã Inocência se encarregou de fazer o parto. Nada poderia dar errado. Aos olhos das freiras, uma tragédia. Para Ester, a liberdade.

Depois da sua crise de convulsão, Ester foi examinada por um médico missionário que recomendou que continuasse a tomar o xarope Dr. Seth Arnold. Àquela altura do ciclo, a morfina não teria mais riscos ao bebê. No entanto, avisou com olhos piedosos que se um mal tivesse sido feito, então teria sido nos dois primeiros meses de gestação, quando Ester ainda tomava seu medicamento com rigor.

Ester cumpriu as recomendações médicas e começou a sair do quarto como não tinha feito antes. Ia todos os dias orar de manhã e à tarde. Implorava a clemência de Deus e pedia por uma criança saudável.

O parto correu bem. Houve um ar de alegria. Quando Irmã Inocência segurou Olivia, examinou a menina com cuidado, em detalhes. Embrulhou a bebê na manta escolhida por Ester e entregou-a à Irmã Flora. Nos ouvidos de Ester, Irmã Inocência sugeriu:

— Você não precisa ficar com ela. Você entende o que quero dizer?

As mensageiras de Deus poderiam, caso Ester consentisse, simular um acidente e enterrar a criança. Olivia veio sem os braços, sem as pernas, com ouvidos e nariz malformados. Para as freiras, Olivia não teria qualquer utilidade. Todos os casais que faziam benfeitorias ao convento exigiam crianças e bebês saudáveis.

Mas Ester amava Olivia. Olivia também amou Ester. Por toda a sua vida. Duas semanas depois do seu nascimento,

Olivia foi levada embora do convento com sua mãe. Algo nunca presenciado por nós. Era uma alegria de gosto amargo. Era uma esperança feita de angústia.

Seguiram de volta para o Rio de Janeiro. Nunca mais soube das duas mulheres guerreiras.

CAPÍTULO 29

Antes de a vida tomar a forma enfeitiçada que tomou, houve um dia surpreendente no convento.

A semana era a anterior àquela do meu filho nascer.

Minhas veias já não suportavam o meu peso. Eu arrastava meu corpo redondo e cansado pelos varais do quintal, estirando as roupas quaradas ao sol. Uma carroça se aproximou. Com lentidão e muito esforço desceu de lá a Mariava. A barriga era tão grande quanto a minha. Os cabelos tinham sido raspados. As costas sempre cortadas de chibatadas. Não era poupada por carregar o filho do patrão.

Mariava vinha entregar a farinha de mandioca para a goma das roupas. Os negrinhos que faziam o trabalho tinham fugido Brasil acima, pra além da Província de Minas Gerais.

Entre o azul-claro dos meus olhos e os olhos pretos da Mariava, nos reconhecemos. Era ela a minha amiga. Depois da Justine, era da Mariava que eu sentia saudades. Abracei apertado a minha preta com cheiro de pus. Tinha infecções pela pele afora. Ganhava uma surra por dia. Ordens da Don'Ana Vaz Peixoto, a mulher traída que era obrigada a ver a Mariava carregar um Vaz Peixoto bastardo dentro dela. A dona da quinta mandou que cortassem a cabeleira de Mariava, cortassem a pele, cortassem o viço, já que para um golpe só não tinha coragem. Assim, preferiu sacrificá-la aos poucos. Da próxima vez, prometera cegar os olhos para que não pousassem em homem errado.

Irmã Imaculada se agitou, gritava da janela pra que eu soltasse a Mariava dos meus braços. Gritava que era negra, gritava que no abraço tinha doença contagiosa.

Entre os gritos da freira e a escadaria que precisava descer para que nos apartassem, consegui pedir a Mariava, num rompante desesperado que, caso o pior me viesse, feito vinha pra todas no convento, que ela ficasse com o meu filho e que tomasse conta dele feito fosse dela. Mariava sorriu. Prometeu-me nem que sim e nem que não. Disse só que passaria adiante a história da ilha do Brasil. A história da gente enfeitiçada.

CAPÍTULO 30

Naquela tarde, fui ao cemitério, nos fundos do jardim, dedicar algumas orações a minha amiga. No meio de tantas lápides sem identificação, pensei em Alice e Silvia que morreram sob meus olhos. Nunca mais ninguém saberia delas. As freiras calavam em lápides anônimas qualquer possibilidade de culpa pela prisão física e emocional que nos infringiram por tanto tempo. Alice, Silvia, quem eram? Ninguém saberia. Nunca mais.

Mas a minha Justine tinha escondida na lápide a minha homenagem. Ela jamais seria esquecida. Parei diante do seu túmulo, aquele com uma marca do lado, e contei a ela que estava na minha hora. Meu filho começava a chegar e que mesmo que vivesse longe de mim, seria alguém.

No final daquela semana, num sábado de sol fino e brilhante, conheci meu filho. Emanuel veio tranquilamente, num parto sem demora. No rosto dele, encontrei meus olhos de cor ainda indefinida pela sua recém-chegada. Não vi Orlando e me aliviei por isso. Era meu. Só meu. Emanuel era bem formado. Bochechas rosadas, cabelos loiros e ralos. A cabeça era perfeita, as orelhas, as mãos e os pés finos.

Chorava forte. Tinha saúde. Percorri o olhar em cada canto do meu filho. Era tão meu. Eu sabia naquele instante que nunca nos separaríamos. Não seria possível. E exatamente assim seguiu o curso. Amamentei Emanuel com saúde e vontade por meses. Crescia forte, olhos curiosos e muito vivos. Foram meses de calma, de otimismo, de contentamento. Não havia preocupação alguma da minha parte. Meu filho se alimentava em mim e eu era, por isso, necessária.

Emanuel vestia todo o enxoval que eu fizera pra ele. Era lindo, limpo, bem cuidado.

Irmã Inocência se aproximou da cadeira onde eu dava leite ao meu filho. Depositou em mim olhos pesados. Não percebi de imediato. Espontaneamente agradeci pelo cuidado, pelo zelo, pela possibilidade que me deram de ter um parto tranquilo, um filho saudável que crescia e se fortalecia em mim. Fui mesmo muito grata.

Meninas vinham e iam todo mês daquela casa da vergonha. Chegávamos escondidas e saíamos perdidas. Chegávamos mães e saímos sem os filhos.

Emanuel acordava a cada três horas para o leite. Com cinco meses, crescia de forma esplendorosa.

Dormia sempre muito bem, confortável. Ao lado da minha cama, tudo o que ainda me mantinha de pé, dentro de uma cestinha de folhas de bananeira, meu filho.

Acordei de um sono pesado e já era meia manhã. Achei tarde pelo jeito do azul já torrado do céu. Tinha dado de mamar no meio da madrugada e me surpreendi com a falta de hora do meu filho, sempre faminto. Talvez estivesse crescendo e fosse capaz de mais horas de sono ininterruptas. Foram frações de segundos todos esses riscos de hipóteses. Num pulo, virei-me na cama para encontrar o que todo mundo já sabia: o cestinho vazio. Meu filho tinha ido embora. Na calada da noite, foi arrancado de mim, levado para onde nunca soube. A visão do cesto vazio e a constatação da falta me deram um fiapo de esperança. Talvez Emanuel estivesse com alguma freira, alguma das moças do quarto, para que eu descansasse.

Sem me trocar, perambulei meus olhos atônitos a todos os cantos procurando um sinal dele comigo. Tudo estava vazio. Não tinha vida alguma no ar. Corri as escadas abaixo. Minha coxa me matava cada dia mais. Meu grito de horror com a conclusão irreconciliável do ocorrido, perfurou o silêncio das orações na capela. Diziam que rezavam por mim, para que o Nosso Senhor Deus Pai me desse a sabedoria da aceitação, a tranquilidade para entender o melhor e que, caso eu me entristecesse, lembrasse-me que por linhas tortas o Senhor escrevia certo.

CAPÍTULO 31

Onde estava meu filho? Quem o tirou de mim quando estava na hora do leite? Estaria com fome numa hora dessas? Os dias que se seguiram me viram dopada. Aceitei os medicamentos fortíssimos e me debrucei em pesar, lamúrias e um luto de fato. Não estava disposta a melhorar, e se me matassem por isso, melhor ainda. Pelo canto do olho, vi Julia, em choro sufocado. Veio me dizer que viu quando um vulto tirou Emanuel do berço e enrolado numa manta que eu fizera, seguiu escadas abaixo. Julia se levantou e assistiu da janela o que eu vi acontecer com a Rosa de Justine. Emanuel seguiu numa carroça.

Vivi em estado de choque por muito tempo. A culpa eu carreguei ainda e nem quis me livrar dela. Eu tinha responsabilidade pelo que aconteceu com Emanuel. Por que não dormi de olhos abertos? Não tinha visto o suficiente para saber que não era possível confiar na tranquilidade dentro do convento? O erro foi meu. E se estivesse acordada talvez espantasse com gritos de desespero o vulto que carregou meu filho. Talvez nada disso tivesse adiantado. O fato é que eu nunca vou saber porque, por minha falta, eu dormi profundamente durante aquela madrugada que levou embora meu filho.

Minha coxa só piorava. Comecei a sentir medo de acabar feito o pai, sem perna. Homem de sorte, já que tinha a Dolores, um pobre diabo. Como estaria a Mariava, seu filho, seus cortes, suas infecções?

Irmã Inocência me tirou, num empurrão, da lavanderia para uma reunião com as outras freiras. Estavam preocupadas com a minha perna que puxava em dor latejante enquanto crescia mais e mais a veia azul prestes a explodir. Estavam consternadas com a minha saúde mental, emocional, já que, passados alguns meses da partida de Emanuel, eu ainda chovia, me desequilibrava em rompantes dramáticos no meio da missa, da limpeza. Acharam por bem que eu fosse embora do convento. Além do mais, agora sem filho, eu ocupava o lugar que poderia ser de uma outra alma em necessidade. Outra moça grávida e que precisasse de cuidados. Eu era, enfim, obsoleta e deveria ir embora. A tristeza da minha partida era porque, apesar do convite para que eu me retirasse fosse irresistível, eu não tinha pra onde ir. Agora era torcer para que a veia me explodisse logo.

CAPÍTULO 32

Foi na calada da noite. Mariava deixou a serra e seguiu descalça pra lá do manguezal de Iguaçu. Seguiu em carroça de boi, em caravana de missionários, a pé, em barco, pelo barro, pela secura, por mata fechada, subiu o rio e, finalmente, se perdeu em terra de ninguém. Chegou nos sertões das Minas Gerais. Os meninos já com quatro anos.

No Sertão do Rio das Pombas e Peixes, parou. Vivia com os dois meninos na beirada do rio. Em volta dela, os índios coropós, alguns padres missionários e portugueses.

Mariava fincou ali sua origem. Tornou-se botocuda e pelo Sertão do Leste, via chegar ouro, esmeralda e pedras de muito brilho que, ao invés de fazerem caminho pra capital, se perdiam nas Minas.

Além de mata e uma igreja ao Divino Espírito Santo, o Sertão do Rio Pomba e Peixes dava a Mariava e aos meninos uma casa de pau a pique e redes. No quintal, Mariava fazia assado debaixo da terra. Aprendeu com as índias. Jandiara vinha benzer Mariava que delirava e contava uma história assim:

— Existe uma ilha fantasma chamada Brasil. Não é possível saber onde fica, de certo, o lugar. Só quando descobre a neblina, consegue-se ver o cabo cinza brilhante da ilha. Isso acontece de sete em sete anos. Muitos homens quiseram chegar no local pra carregarem as mais preciosas esmeraldas do mundo. Ao pisarem lá, eram mortos e deixavam pairando no ar, um feitiço. Filhos que mudavam a cor dos olhos. Meninos de magia, enfeitiçados, filhos de uma maldição.

Mariava cuidava dos dois meninos feito podia. Antes de correr da quinta do Catete, Don'Ana, conforme prometera, mandou um negro cobrir de brasa a ponta de um facão e cegou a Mariava para que nunca mais olhasse pro seu marido. Mariava se acostumou com a cegueira e ia longe mesmo sem ver. A vontade de sair da quinta era tão grande que, sem os olhos, foi parar em Minas Gerais carregando dois piás: um preto e um branco.

Como contava história de feitiço, era cega e recebia reza de índio, nenhum fazendeiro quis a Mariava pra escrava, e doida, vivia de favor, esmola, restos, cantando a música do Brasil, em uivos, pela noite adentro:

"Brasil, oiê ia, ilha de fumaça, aiê uolá.
Terra de feitiço, feita de dois olhos.
Um verde e um da cor do mar.
Aiê, uolá. Aiê uolá."

CAPÍTULO 33

Os meninos da Mariava eram esquisitos porque não eram índios. Um era piá claro feito o dia. O outro era da cor da noite. A preta conhecia as crias pela palma da mão. Contornava os meninos e sabia que um tinha a pele quente, escura, fervente. O outro tinha uma pele de estrangeiro. Era feito de leite. Os cabelos loiros escorriam feito água pelos dedos longos e unhas com formato de uva da Mariava. Os cabelos do piá negrinho enchiam sua mão de nuvem macia. O sabugo de milho tinha a boca fininha, osso saliente na maçã do rosto. O pretinho tinha carne na boca bonita, nariz redondo feito o dela.

— De que cor é seu olho, branquelo?

— Não vejo meu olho, mãe. Sei não.

Mariava se atormentava. Agarrava as mãos quentes e suadas daquela secura do sertão mineiro, apertava os dedos e pousava a palma da mão no côncavo dos olhos dos meninos. Queria sentir a cor do olhar das duas crianças.

Uma índia, um dia, contou pra Mariava que os meninos tinham olhos coloridos.

— Todo ôio é colorido. O meu era preto. Agora é vazio.

— De que cor é seu olho, neguinho?

— Nunca vi meus ôio, mãe. Não sei contar. Mas enxergo as coisas. Tem mais água nesse rio, mãe. Tem mais terra nas beirada dele. Os coropó vão me levar mais Sabugo pra passear, pescar, ver onça de perto. Ocê deixa, mãe?

— Vai nesse rio não, neguinho. Isso é igual a ilha Brasil: não se confia. A correnteza some vez ou outra porque engole quem bebe muito dela. Fica longe desses índio. É gente dona dessa terra. Não querem a gente aqui. Querem que a gente ache outra beirada pra viver. Dó é meus olho vago já terem se acostumado com o Rio da Pomba e Peixes. Não posso sair daqui mais não.

— Preocupa não, mãe. Sabugo sabe ler o céu. Os ôio dele são do céu. Eu sei ler a noite. Sei tapear as sombras. Preocupa não. Nós só vamos buscar peixe procê.

Neguinho nunca tinha se dado conta que Mariava não gostava de peixe. Tinha tudo cheiro de morte podre.

CAPÍTULO 34

Cícero e Emanuel não acharam peixe pra comer. Os coropós levaram os meninos rio abaixo. Nadaram com capapari, cascudo, mussum, tambaqui e lambari. Engoliram uma água barrenta cor de terra alaranjada, caudalosa. Rio Pomba era nervoso com menino dentro. Quanto mais nadavam, mais o rio se agitava. Emanuel ensinou Cícero a boiar. Nunca soltaram as mãos. Cícero avisou pra Emanuel que era noite. Emanuel sabia ler o dia. Os ombros do neguinho esbarraram num barranco. O Rio Pomba estava dormindo. Quando Emanuel visse o claro do dia, feito seus olhos, o rio acordava de novo e se enfezava com aquelas crianças fora de casa.

Mané e Ciço nunca mais viram a Mariava viva. Viraram irmãos gêmeos. Um preto e um branco. Um com o sol nos cabelos e o outro com a noite no rosto.

Pisaram num distrito ao longo do Pomba, no Espírito Santo do Cemitério.

Os piás cresceram na beira do ribeirão do Pirapetinga e trabalhavam para o capitão Luciano Coelho de Oliveira. Tocavam boi, tiravam leite de vaca, lidavam com café. Dormiam na coberta da fazenda perto da igreja matriz.

Em dia de missa, o padre mandava os dois irem pro clarão da praça contar a história da ilha enfeitiçada que tinha nome de Brasil.

Os dois cantavam a música da mãe do Ciço e recitavam a história que ficou com eles desde Margareth, a mãe do Mané.

Já com seus vinte e três anos, os meninos gêmeos, eram excelentes de lida. Igualmente fortes, leais e confiáveis. Chamaram a atenção dos donos do distrito.

Do lado esquerdo do ribeirão Pirapetinga, o capitão Felisberto Vieira notava a lida sólida dos rapazes desde a aurora até a coruja piar. Foi ter com o amigo, dono do lado direito do ribeirão e patrão dos rapazes gêmeos, capitão Luciano Coelho.

Cuspiram na mão, apertaram o punho e dissolveram a unidade que formavam os moços. Não era certo que Ciço fosse livre num império servido e construído por escravos. Não era do bem que Mané, com aquela alvura toda, fizesse trabalho de puxar carroça. O menino branco tinha que ser aproveitado. Tinha que ler, escrever, aprender a contar, saber das regras do Império. Tinha que aprender a admirar D. Pedro I, seu país, suas modas e costumes. A família Coelho de Oliveira se empenhava:

"Prepara esse rapaz que ele tem futuro. Aqui pelo distrito tem raparigas de famílias de posses. Emanuel ainda virá coronel, com tanto investimento e dedicação nossa! Com dinheiro, ainda compra o Ciço de volta."

Deixasse Ciço seguir o caminho que Deus apontava. Que trabalhasse feito todos os negros do distrito. Os dois iguais daquela maneira acabariam chamando atenção de coronéis que visitavam o sertão vez ou outra e logo aquele disparate chegaria nos ouvidos imperiais. Acabaria custando terra a Felizberto Vieira, que seria acusado de conivência com o amigo, o capitão Luciano Coelho.

CAPÍTULO 35

Mané passou a frequentar a missa de domingo com a família que o acolheu. Eventualmente, deram-lhe o nome de Emanuel Joaquim Coelho de Oliveira.

Domingo de manhã, era o descanso dos cavalos da fazenda. Quem passou a puxar a carroça da família para estar com Deus foi Ciço.

Ao longo de tanto domingo, Ciço começou a fraquejar as pernas, empurrava a carroça e o corpo magro. Mané, vendo aquilo todo santo domingo, começou a manifestar uma infecção teimosa nos olhos. A avó, Agripina Coelho de Oliveira, assegurava que era a poeira do deserto nos olhos claros do sabugo de milho.

— Olho claro assim não aguenta o sol. Claro com claro dá cegueira. Chegou um dia em que Ciço já não aguentava andar. Caiu com a boca seca, ralada na estrada de terra batida e se engasgou com o poeirão. Não se levantou. Mané, vendo aquilo, cegou de vez. Ficou feito a Mariava, apalpando o mundo, o amor dos outros. Sabia quando tinham pena dele.

A mulher do capitão Luciano Coelho quis entregar o rapaz de volta pras origens. Ninguém sabia de onde tinham vindo. Uns falavam que era estrangeiro. "Branqueleza assim não tem pra essas bandas. Isso vem de outra ponta de mar." Talvez a doença fosse de família?

— Sua mãe ou seu pai eram cegos, Mané? Tinham o olho esquisito assim?

— Minha mãe era cega. E era preta feito o céu de noite sem lua.

Era claro que o rapaz vinha perdendo a lucidez. Da cor do leite não poderia ser filho de escrava.

— De onde veio o Ciço?

— Da mesma mãe que eu.

Mané escutou, numa noite, em alto e bom som, que o doutor Siqueira de Almeida o levaria embora para a região do Rio da Morte de Barbacena. Lá ele viveria numa fazenda tranquila, com outros aluados e poderia ser curado de tanta distração e feitiço.

Antes de um domingo de missa acordar, Mané atravessou o ribeirão do Pirapetinga, e com o Ciço nas costas rumou pro alto do Vale do Pomba.

Sentia o cheiro da aldeia dos coropós. Foi lá a casa dele, mais de Ciço e mais de Mariava. No dia que saíram rio abaixo pra conhecer onça de perto e trazer peixe pra mãe, Mariava avisou pra não irem. Mas a teimosia carregou os meninos. Na beira do rio Pomba cresceram, viraram homens. Já de barba na cara, fizeram o caminho inverso ao do dia que deixaram a mãe pra trás. Encontraram a preta velha sepultada no barro socado da aldeia da tribo. A preta Mariava foi mais índia que negra. Viveu com os coropós, feito Emanuel viveu com os negros. Era do amor que falavam quando não se davam conta da cor que tinham.

    Os dois rapazes subiram o rio Pomba. Chegaram a São Januário de Ubá, onde um médico missionário tentava a cura pra todo tipo de enfermidade.

    A comitiva dos missionários havia chegado há cerca de um mês. Tinha um médico de cabelos vermelhos, a cara de pintas que parecia um mapa, alguns soldados, negros e algumas freiras com seus hábitos brancos feito a pureza que imaginavam ter. Uns foram para o sul, onde Cisplatina tinha deixado feridos de guerra, de coração, de espírito e de honra.

    As freiras que diziam estar ali em nome de Deus e do Senhor Jesus Cristo falavam uma língua embolada. Eram da cor do Mané e vinham pegar moças que carregavam as barrigas cheias de vergonha.

    Seguiriam com elas para a serra onde mantinham um convento com uma lavanderia. Os bebês nunca ficariam sem famílias, desde que não tivessem defeitos. As mulheres caídas, como eram conhecidas, dariam à luz, mas nunca seriam mães.

CAPÍTULO 36

Ciço não andava mais. Arrastava pelo chão de terra seca e calorenta o corpo negro e firme. Tinha o tronco feito uma escultura. Era forte, parrudo. As pernas, no entanto, se atrofiavam a cada piscada de olho cego do Mané. No vilarejo, tinham nojo dos irmãos preto e branco. Um vivia sujo, esparramado pelo chão, imundo de poeira e barro. O outro tinha os olhos esquisitos, contava história de ilha enfeitiçada. As famílias religiosas de bem corriam do mendigo e do abestado.

Nas pernas fracas e finas de Ciço, um galho feito de veias grossas e esverdeadas.

Irmã Inocência, que acompanhava a comitiva para restaurar a vergonha e a honra na região, advertiu que aquilo era prenúncio de morte.

— No nosso convento, morreu assim uma Margareth. Que Deus a tenha. A perna explodiu e o estilhaço chegou no coração. Parou de bater. Aquela morreu de amor, que Deus a perdoe.

— Conheci uma Margareth, Irmã. Mas não morava na serra. Morava numa quinta no Catete. Soube que perdeu o pai de morte e as irmãs e irmãos de vista. Quis saber notícias dela, mas certamente a família não aprovava a corte de um solteiro sem destino feito eu. A Margareth eu perdi de vista. Não de mim.

Orlando deu pra Ciço um par de muletas. O negro voltou a se movimentar, olhando os outros nos olhos de novo. Não viveria pra ver 1888 chegar. Era livre, mas pelo lado errado. Não tinha nem a compaixão e nem a misericórdia dos outros. Era livre porque tinham nojo dele.

Orlando foi atrás do rapaz cego, irmão gêmeo de Ciço. Ouviu Mané no meio da praça contando a história da ilha Brasil. Ilha de feitiço, de gente de olho de duas cores. A ilha que não existe.

"Brasil é uma mentira!" — gritava o rapaz branco feito a lua cheia.

— Aprendeu onde essa história?

— Minha mãe contava.

— Essa história vem da minha terra. Lugar longe daqui, de grama verde-escuro e rochas cor de chumbo. O mar lá é cinza e não azul. Quem canta que os olhos enfeitiçados são azuis é porque não conhece o mar que eu conheço: o Mar do Norte. Enxerga alguma coisa, rapaz?

— Tudo.

Mané mostrou as mãos.

— Como se chama?

— Emanuel. Mãe Mariava dizia que foi o nome que minha mãe me deu. Mas minha mãe mesmo foi ela, foi a preta que tá enterrada com os índios.

— Esse olho do lado de cá, verde-claro grande aí, arrumou onde? Parece até esmeralda! Aqui nessas bandas só tem índio, preto e italiano. Mas italiano mouro, não italiano alpino. Esse olho aí ou traz história de amor fora do cercado ou essas esquisitices feitas de magia.

— E o outro olho, doutor, é de que cor?

— Da cor do mar. Do mar de chumbo. O mar que eu conheço. O Mar do Norte.

Pequena nota:

Ciço e Mané nunca saíram da beira do rio Pomba. Viraram loucos na cidade. Quando a Lei Áurea chegou, os dois já eram lenda. Passaram pra frente, no entanto, a história desse lugar enfeitiçado, sem passado, sem futuro, de mentira que continua se chamando Brasil.

Este livro foi composto em Minion pro
e impresso em março de 2022.